푸른사상
시선

82

번함 공원에서 점을 보다

정 선 호 시집

푸른사상
PRUNSASANG

푸른사상 시선 82

번함 공원에서 점을 보다

인쇄 · 2017년 10월 26일 | 발행 · 2017년 10월 31일

지은이 · 정선호
펴낸이 · 한봉숙
펴낸곳 · 푸른사상사

주간 · 맹문재 | 편집 · 지순이 | 교정 · 김수란
등록 · 1999년 7월 8일 제2-2876호
주소 · 경기도 파주시 회동길 337-16(서패동 470-6) 푸른사상사
대표전화 · 031) 955-9111(2) | 팩시밀리 · 031) 955-9114
이메일 · prun21c@hanmail.net / prunsasang@naver.com
홈페이지 · http://www.prun21c.com

ⓒ 정선호, 2017

ISBN 979-11-308-1224-3 03810

값 8,800원

경남문화예술진흥원
GYEONGNAM CULTURE AND ARTS FOUNDATION
이 책은 경남문화예술진흥원의 문화예술지원을 보조받아 발간되었습니다.

번함 공원에서 점을 보다

밥벌이 때문에 칠 년 동안 머무는 필리핀에서
내 피부는 검어지고 체질도 많이 바뀌었다
고국에서 오십 년을 지내면서 만들어진
몸의 체질은 점차 열대지방화되었다
식사는 한국 식단으로 했으나 간식과 과일은
열대지방의 것으로 먹고 마셨다

고국과 필리핀 사람들의 생활은 너무 달랐다
필리핀에선 일 년에 두세 차례 벼농사를 짓고
많은 과일나무 덕분에 굶는 이가 거의 없다
일 년 내내 더운 날씨라 두꺼운 옷이 필요 없어
옷값이 적게 들고 얼어 죽는 이 없다

먹고사는 걱정이 적어 아이를 많이 낳았으며
아이들은 학교에서 늦게까지 공부를 하지 않았고
심하게 경쟁도 하지 않으며 과외 활동을 많이 했다
많은 사람들은 기능식이나 시니ㄴ ㅂㄴㅇ에ㅓ 인해

소득이 적었으나 소수의 자본가들은 재산이 많다

사회에 만연된 부조리와 정부 정책의 부실로
사회보장제도가 적어 많은 사람들이 어렵게 지냈다
건강보험제도가 부실해 사람들의 병원비 부담이 커
평균 수명이 한국보다 십 년 정도 짧았다

몸 한쪽은 한국인, 다른 한쪽은 필리핀인인 내가
필리핀인과 부대끼며 한 시대를 살았다

2017년 10월
정 선 호

| 차례 |

■ 시인의 말

제1부

제2부

제3부

제4부

제1부

바다 위에서의 저녁 식사

바탄시 바닷가 야외 식당에서 밥을 먹었다
내 옆자리에는 필리핀 사람들 열대여섯 명이
그야말로 전투적으로 저녁밥을 먹고 있다
물놀이를 끝낸 가족은 의식을 치르듯
밀물처럼 식사하며 황혼을 보내고 있다

황혼은 수평선 너머로 꺼져가고
바닷가 맞은 편 섬에선 불이 켜진 후
바다는 비옥한 대지로 변해갔으며
누군가 대지에 채소 씨 뿌리고 모를 심었다
나와 그 가족의 풍성한 식사가 끝나갈 무렵
바다 위에선 벼줄기가 솟아 자랐으며
온갖 채소 싹이 올라와 거대한 밭을 이뤘다

바다를 바라보며 밥을 먹는다는 것은
바다 위의 밭과 논에서 식량을 구하려
신을 찾아가는 고행의 과정이다
신은 항상 모습을 보이지 않으나
바다 위에서 농사일하는 성실한 농부다

영화관 앞 흔들의자

나비들은 영화관 안으로 들어가 날아다니다가
끝내 화면 속으로 들어갔다

아이얀몰 영화관 앞 흔들의자는 노인들 차지다
노인들은 의자에 앉아 젊은 시절을 회고하거나
손자들 자랑으로 영화 관람을 대신했다
항상 불편한 거동과 언제 올지 모르는
죽음의 순간을 흔들의자가 지탱해주었다
얼굴은 달 분화구처럼 거칠고 하얀 몸은
흔들리면서 종일 스크린을 오물오물 씹었다

오후의 나른한 시간이 되자 몇은 잠들었는데
한 무리의 나비가 그들 몸에서 빠져나왔다
나비는 화면 속에서 나풀나풀 날아다녔으며
그들 손자들은 나비를 잡으러 뛰어다녔다
나비들은 영화가 끝난 후 달에 도착했으며
분화구에 들어가 사뿐사뿐 날아다니다가

다시 수비크시에 사는 노인들 품속으로 들어갔다

그날 노인들 얼굴에 분화구 하나 더 늘었다

타잔은 살아 있다

필리핀의 루손섬 어느 밀림에 타잔이 왔다 자본가들은 돈 벌이를 위해 무자비하게 밀림 안의 나무를 베고 짐승들을 몰아냈다 아프리카의 밀림을 나와 제인과 행복한 날들을 보내던 타잔은 밀림의 파괴를 막으려고 왔다 루손섬 밀림 안에도 타잔의 친구인 치타도 있고 악어며 긴 방울뱀들이 모여 살았다 타잔은 밀림의 모든 동물을 모아 자본가들의 건설 장비를 밀어냈으나, 자본가들은 총을 쏘며 격렬히 저항했다 타잔은 아프리카에서 사자와 표범을 불러 자본가에 대항하여 싸워 마침내 몰아냈다

필리핀의 많은 사람들은 울창한 숲과 목숨을 해칠 수도 있는 사나운 짐승 때문에 밀림 안에 들어갈 엄두를 내지 못했다 그날 타잔이 밀림의 평화를 지켜낸 후 밀림은 날로 울창해져 갔고 짐승들은 새끼들을 많이 낳아 길렀다 우기엔 갑자기 내리는 소나기가 많아 하루에도 몇 번씩 비가 내렸다 타잔은 그것에 상관없이 짐승들을 데리고 다니며 밀림을 지켰다

나는 어느 날 밤 무슨 일로 밀림 안을 헤매 다녔는데 긴 방울뱀이 미끄러지며 내게 다가왔으며 악어도 나를 삼키려 왔

다 내가 급하게 타잔을 불러내자 그들은 되돌아갔으며 나는
그들과 사귀어 친구가 되었다 내 마음속에는 어렸을 적 영화
에서 봤던 밀림과 타잔이 또렷이 살아 있다

바다 정류장

필리핀인들은 소형 버스인 지푸니를 많이 이용했다
그날은 밀림 속 마을에 가려 지푸니를 탔는데
차는 도심을 나와 바닷가 길 따라 운행되었다
어떤 가족은 바닷가 유원지에 소풍을 가려고
어떤 이들은 바닷가 공장에 출근하려 차를 탔다

지푸니는 바닷가 정류소마다 정차했는데
차에서 내린 사람들은 모두 물고기로 변했으며
바닷속으로 들어갔다
나도 바닷속으로 시(詩)를 쓰려 들어갔는데
모든 물고기와 수초들은 사람들을 반겨주었다

바닷속에서 나는 바다를 주제로 한 시를 썼으며
사람들은 저마다 한 곡씩의 노래를 만들어
제 아이들과 파도에게 들려주었다
파도는 사람들의 노래와 내 시를 받아
파도 소리에 묶어 내 고국으로도 보냈다

고국의 해변에선 청년인 내가 애인과 함께 손잡고

중년의 내가 보낸 노래를 불렀다

올랑가포 운동장 트랙을 달리다

저녁의 운동장 전광판에 전등 몇 개 켜져 있다

지구는 자전하고 난 그 반대로 트랙 위를 달렸다
지구의 회전과 내 회전의 팽팽한 힘은 우주의
모든 힘을 유지시키는 바탕이 되었다
운동장엔 두 힘이 여기저기에 널려 있어
피부가 하얀 서양인과 황색인 동양인, 검은 피부의 사람
들과
그 혼혈인들이 섞여 트랙 위를 달렸다

서양인 노인과 그 부인인 검은 피부의 중년 여자와
혼혈의 그들 두 아이도 트랙을 달렸다
가족은 국경을 초월한 사랑을 운동장 전등에 매달고
가장 편하게 지구 자전의 반대로 달렸다
자기들을 힐끗힐끗 쳐다보는 한 황색인의 시선을
아랑곳하지 않고 땀 흘리며 달렸다

사랑을 잃은 이들은 한 번쯤 올랑가포 운동장에 가봐야 한다
피부색이 달라도 가족을 이뤄 어떻게 사랑을 나누는지

전광판에 걸린 사랑의 빛이 얼마나 밝은지 보아야 한다

운동을 끝낸 가족은 전광판에서 더 커진 사랑을 되찾아갔다

우기를 지내는 일

유월에 시작된 비는 사 개월째 거의 매일 내렸다
조선소 현지 인부들의 출근율은 계속 떨어졌다
배 만드는 공정에 차질이 생기자 회사는
연장 근무를 지시했고 작업자를 다그쳤다
사람들 옷은 항상 젖어 있고 우산을 휴대해야 했다

석도 지방에서 우기를 지낸다는 것은
몸뿐만 아니라 마음까지 항상 젖어 있다
마음속엔 빗물 가득해 거기서 허우적대기도 했고
야자수 한 그루 옮겨와 키웠다
나무는 자라 내 정수리에 뿌리를 내렸으며
열매 맺자 빗물을 정제해 열매에 넣어주었다

적도 지방에서 우기를 지낸다는 것은
원시의 세계로 돌아가는 것,
창조자는 적도 부근엔 사계절을 허락하지 않고
우기와 거기만 허락하였다
자연은 충실하게 그것을 따르기만 할 뿐이었다

한 치의 어긋남도 허용하지 않는 창조자의 지시에
자연은 충실하게 따르기만 할 뿐이었다

노래하는 두 성자에 대한 경의

1

올랑가포시 입구의 다리에서 늙고 몸이 불편한 가수가
성탄절 전날부터 노래를 계속 불렀네
성탄절이어서인지 갖다 놓은 녹슨 철제 모금함은
동전과 지폐들로 가득 채워졌네

2

성탄절에 시내의 모든 노래방엔 사람들이 가득했네
어느 노래방에서 미국인과 필리핀의 혼혈인 중년 여자가
오래된 팝송을 연달아 불러 사람들의 박수를 받았네
그녀의 지인은 미군이 수비크시에 주둔했을 때
미군 아버지와 필리핀 어머니 사이에서 태어났으나
아버지가 본토로 근무지를 옮긴 후 소식을 끊었다 했네

필리핀에 사는 남성 외국인이 많이 늘어감에 따라
혼혈인의 숫자도 늘어났네
많은 혼혈인들의 아버지는 필리핀을 떠난 후엔

가족을 부양하지 않았으며

남은 가족은 어렵게 가계를 꾸려갔네

   3

두 사람의 노래는 하늘에 올라 신에게 전해졌네

다국적 커피점이 있는 휴일의 저녁

수비크시 아이얀몰 안의 다국적 커피전문점에 갔다
휴일 그곳은 어린 학생들부터 노인들까지,
여러 나라 사람들로 북적였다
필리핀 회사원들의 하루치 임금이 오천 원 정도지만
그곳 커피 한잔 값이 사천 원 정도여서
부유층이나 외국인들이 주로 출입을 했다

많은 다국적 기업들은 엄청난 자본을 발판으로
세계의 곳곳에 공장과 상점을 운영했다
그 공장과 상점은 제 나라의 자영업자를 퇴출했고
많은 이들을 다국적 기업의 노동자로 만들었으며
가격을 올려 사람들 사이에 위화감을 만들었다

수비크시도 다국적 기업이 많은 자유무역 도시라서
외국 기업의 현지인 노동자와 외국인이 많이 살았다
그곳에서 젊은 현지인 여자와 외국 중년 남자가 만나고
상점 밖의 택시들은 계속 그들을 태우고 가곤 했다
몇몇의 은퇴한 외국 노인들도 젊은 여자와 대화 후

자가용을 타고 어디론가 향하곤 했다

아이얀몰 밖의 나무엔 낙엽 떨어지고 새순 돋고
화단엔 연신 꽃 피고 지고
해는 그것을 눈치챘는지 귀가를 서둘렀다

공동묘지를 지나다

내 고향 마을 입구에 있던 공동묘지는 없어져
십 년 전에 묘지 자리는 군민 운동장으로 바뀌었다
어렸을 적 공동묘지 지날 때 들었던 아기 울음도
밤에 그곳 지날 때의 두려움도 없어졌다
그 많던 영혼들과 귀신들은 어디로 갔을까?*

삘리삔 이바시 공동묘지는 산을 이뤘다
자동차 도로를 따라 즐비한 묘지 근처에서
귀신을 보았다는 이 많았다
필리핀인은 시신을 화장 후 시멘트로 묘지를 지었는데
지나는 자동차 안의 사람들은 한 번쯤 죽음과 삶에 대해
생각해보는 거였다

그 많던 영혼들은 후손들의 가슴으로 옮겨졌다
인간의 환생을 믿지 않는 필리핀들이지만
조상의 기일과 All Soul's day에는 공동묘지를 찾았다
시메트로 묘지를 만들어 혼이 나오지 못할까 봐

언뜻 걱정이 되었지만 필리핀인들은 상관 안 했다

고향의 공동묘지 자리에서는 사람들이 열심히 운동했다
공동묘지 자리에서 옮겨 간 영혼들의 울음 대신
웃음이 운동장 여기저기서 흘러나왔고
사람들은 처녀 귀신 같은 젊음을 위해 뛰고 달렸다

* 박완서의 소설 제목 『그 많던 싱아는 누가 다 먹었을까』를 변형함.

패스트푸드점에서 시를 쓰다

올랑가포 시내엔 패스트푸드점이 많다
인구밀도가 높고 젊은 사람들이 많아
어느 패스트푸드 식당이나 사람이 가득했다
나도 자주 그곳에서 식사하며 책도 읽고
시간이 되면 몇 자 적어보기도 하는데
다시 퇴고하며 버려지는 것들이 많았지만
일단 술술 풀려 나오는 맛에 그곳에 갔다

그곳엔 피부색과 국적이 다른 사람들 수만큼
음식 종류도 다양했는데 쌀밥 종류가 많았다
쌀은 일 년에 두세 번 수확해 풍족한 편이었으며
산과 들에는 바나나나 망고 같은 과일도 풍성해
굶는 사람이 적어서인지 사람들은 표정이 밝고
사람들 사이에 경쟁이 적고 배려심이 많다

사람들은 패스트푸드같이 생각이 단순한 편이며
미국이나 서양의 영향으로 합리적이다
필리핀인의 독서량은 매우 적은 편이며

작가나 시인도 적어 문학을 접하기가 어렵다

그런 나라에서 한국의 한 시인이 패스트푸드점에서

시를 빠르게 썼다가 버리기를 반복했다

등(燈)을 걸어놓다

한국 진주시의 남강 유등 축제가 끝날 무렵
필리핀 수비크시는 성탄절에 예수를 맞으려
거리 이곳저곳에 등을 걸어놓았다
가을이 없어 떨어지는 낙엽도 거의 없고
겨울도 없어 눈도 내리지 않은 거리에
고대부터의 사람들의 염원이 걸렸다
따로 등을 주제로 한 축제는 없지만
다가오는 성탄절을 기다리며 거리를 지나다
저마다의 소원을 등에 매달아놓았다

수비크시 거리엔 예수가 태어나면서 등이 걸렸다
그래서 고대에 원주민 몇 명만 살았던 밀림에
예수가 몇 번 다녀갔다고 전해져왔으며
올 때마다 등을 걸어 맞았다고 전해져왔다
중세에 스페인 군대에 함락당해 식민지가 되었고
원주민은 스페인인과 피를 섞어 낳은 제 아이에게도
잊지 않고 등을 유산으로 물려줬다

후손들은 스페인로부터 해방을 위해 싸우는 중에도

미국의 점령과 간섭을 받으면서도

다시 일본의 식민지하에서 해방을 위해 싸우는 중에도

등을 잃지 않고 간직해 거리에 걸어놓았다

닭싸움을 읽다

카스틸레우스 리잘 공원에서 닭싸움 열렸다
한국에서 거의 사라진 닭싸움은 필리핀에서는
공원이나 사람 모일 수 있는 곳 어디서나 열려
사람들의 눈과 호주머니를 즐겁게 했으나
싸움에서 패하는 닭은 바로 음식이 되었다

인류는 생활을 시작하면서 닭을 애완동물보다는
그저 식용으로만 부화시키고 키워 잡아먹었다
닭은 그런 제 운명을 잘 알고 있었기에
사람을 좋아하지도 따르지도 않았다

조류독감 같은 유행성 질병이 전국적으로 번지면
수십만 마리가 집단으로 땅속에 묻혔고
중국의 관광객들이 먹을 치맥의 재료로 한 번에
수만 마리의 닭들이 죽어 나갔다

사람에게는 항상 꿩 대신 희생을 당했으며
개에게는 쫓겨 다니다 지붕을 보여주었으며

가끔 지붕 위 하늘도 쳐다볼 수 있게 했다

그날 리잘 공원에서 사람과 닭이 서로

먼저 저승에 가겠다며 격렬하게 싸웠다

골프라는 운동

필리핀 여기저기에 골프장이 많이 있는데요
많은 한국인이 가깝고 골프장 이용료가 싼
필리핀의 골프장에 와 골프를 치는데요
눈이 내리지 않아 일 년 내내 문을 닫지 않고
나무는 항상 울창하고 잔디가 자라는 나라에서
골프는 그야말로 최고의 운동이지요

나는 민주화 운동을 한창 했던 청년 시절,
미국의 서부 개척 중 폐해의 상징이었으며
환경 파괴 주범인 골프장에서의 운동을 싫어했지요
또한 악덕 자본가나 부정한 정치인들이 즐기는
운동이라 여기며 늘 배척의 대상으로 정했지요

세월이 흘러 골프는 일반인들도 쉽게 접할 수 있고
골프장은 사람을 만나는 장소로 사용되고 있지요
다만 골프에 들어가는 돈과 시간이 없는 사람이
아직도 고국에는 많다는 현실과
또 국민의 세금을 쓰는 많은 이들이 골프에 중독되어

해야 할 일을 하지 않고 골프장에 간다는 거지요

나는 필리핀에서 오래 지내면서도 골프는 치지 않지요
직장 동료들은 내게 사교와 진급을 생각해서는
골프를 꼭 쳐야 한다고 귀띔을 하기도 하는데요,
내가 속한 부서는 정기적으로 골프 모임도 하는데요,
대학 친구를 만나도 골프가 화제가 되곤 하는데요,
골프를 치지 않는 나는,

아직도 청년 시절의 생각에서 벗어나지 못한 걸까요
한국의 비정규직 노동자와 저소득층 사람들 중에
골프를 치고 싶어 하는 모든 사람이
골프를 맘껏 치는 세상을 바라는 것은 억지일까요

춘향휴게소에서 머물다

암행어사 출두 후 변사또와 탐관오리들은 모두 감옥으로 갔고 춘향과 이몽룡은 극적으로 재회해 행복하게 살았다. 이몽룡은 관직에서 승승장구하여 조정의 중요한 책무를 맡아 수행했으며 아이들은 무럭무럭 자랐다. 춘향은 남편을 내조하고 아이들을 보살폈으며 조정 대신들 부인들과 교류하며 남편의 출세를 도왔다. 하지만 이몽룡은 사십 대 말에 큰 병을 얻어 그만 죽고 말았다 춘향은 남편의 죽음을 한없이 슬퍼했지만 한양을 떠나 시댁과 친정이 있는 남원으로 내려갔다.

남원에서 시부모와 자식들을 돌보던 춘향은 시부모의 허락을 받아 한양으로 가는 대로변에 주막을 차렸다. 춘향이는 채신머리를 생각해서 주막일은 아랫사람을 시켰으며 가끔씩 들러 살펴볼 뿐이었다. 주막은 번성했으며 대대로 이몽룡 후손에게 대물림되었으며 운영은 아랫사람의 후손들이 맡았다. 주막은 전주와 남원 간 국도 개통 후 큰 식당으로 바뀌었다가 전주와 순천 간 고속도로가 개통 후 휴게소로 바뀌었다

휴게소에는 종일 판소리 춘향가가 흘러나왔고 춘향이는 후덕한 미소 지으며 오는 손님을 맞았으며 가는 손님에게 정

중하게 인사하고 손을 흔들었다 손님들은 휴게소 안에서 춘
향전 줄거리를 떠올리며 음식을 먹고 음료수를 마셨다

그날 하늘에서도 춘향이가 낭랑하게 춘향가를 불렀다

수녀들의 만찬

바탄시 바닷가 노천 카페에서 수녀들이 저녁을 먹네요
한 수녀의 생일을 축하하려 만든 자리였는데
중년의 수녀들이 풍성하게 차린 음식을 먹네요
믿음을 위해 본능을 안으로만 삭이며 살아가고
오로지 남을 위해서만 사는 성자들,
내 고교 시절, 수녀의 꿈 키우던 여학생이 있었네

단정한 용모와 행동으로 내 가슴을 설레게 했던,
어느 날 좋아한다는 편지를 보냈지만
그녀는 수녀가 되어야 하기에 친구 이상의 관계를
원치 않는다는 답장을 받고 한동안 아파했네
고교 졸업 후 수녀원에 들어가 수녀가 되어
어느 한 성당에 있다고 들었지
그게 마지막으로 들었던 소식이었네

내가 그녀를 추억하는 동안 카페의 수녀들은
때로 수다 떨며 때로 침묵하면서 식사를 했네
하느님도 하늘에서 한 수녀의 생일을 축하했네

제2부

우기에 가을을 맞다

카와그 들녘에 갈대 줄기가 피었으며
억새풀도 산과 들에 피었다
필리핀의 계절은 우기와 건기로만 나뉘었으나
몇 가지의 식물이 가을을 만들며 모반을 일으켰다

창조자는 적도 지방의 가을을 허락하지 않았다
몇몇 식물이 그걸 어기며 가을을 만들었으나
그걸 인정하지 않고 묵인할 뿐이었다
적도 지방에서 가을을 만들려면
우주의 모든 별들을 재구성해야 하기 때문이다

부겐빌레아는 끊임없이 피고 졌다
내가 고국의 가을 들녘과 산의 풍경을 떠올리자
스산한 가을의 심상이 되살아났으며
애인과 이별하며 겨울을 맞을 채비를 했다
적도의 우기엔 휴화산처럼 산과 들녘, 내 가슴에도
수천 년 동안 숨겼던 모반의 기운이 되살아났다

번함 공원에서 점을 보다

휴일 번함 공원의 호수에서 사람들이 배를 타고
호수 주위엔 늙은 여자 몇이 점을 치고 있네요
그들은 한국 여느 점쟁이같이 출생일과 손금으로
점괘를 진지하게 알려주고 사람들은 듣고 있네요

지천명을 바라보며 미래나 운명이라는 낱말과
한참 멀어진 나도 장난삼아 점을 봤지요
한국과 떠 있는 해와 달, 별의 위치가 다르고
점쟁이와 내가 가진 정서와 문화가 다른데
점쟁이가 어떤 점괘를 말해줄지 궁금해지는 시간,

우주가 생성되고 지구에 사람이 살기 시작할 때부터
점쟁이와 나는 다른 문화와 자연에서 살며
산과 들판, 바다와 관계를 맺으며 살아왔지요
다만 그녀가 전생에 한 번쯤 한국인으로 살았거나
내가 전생에 필리핀인으로 살았던 적 있다면
점괘는 크게 다르지 않을 수도 있겠지요

그날 해발 천오백 미터에 있는 바기오시에 갔고
번함 공원에서 점을 볼 수밖에 없었던 내 운명은
죽을 때까지 공원 호수에서 머무르는 것일까
이국의 산속 도시에서 펼쳐진 내 운명,

수많은 내가 살아온 수천 년의 세월이 스쳐갔네

얼굴을 만지다

1

안면 마사지 가게에서 순서를 기다렸다
얼굴은 살아 있는 사람의 너무나 큰 상징이어서
한 사람의 생애가 오롯하게 담겼다
너무 커다란 상징의 풍요를 위해 필리핀에서
난 고국에서 누려보지 못한 호사를 누렸다

누구나 젊고 활기찬 얼굴을 유지하기 위해
화장을 하거나 나같이 마사지를 받지만
죽은 사람에겐 더 이상 얼굴은 상징이 아니다
오히려 흉측한 공포의 상징일 뿐이다
살점이 없는 해골은 해적선이나 독극물의 표시,
심지어 전투 부대의 상징이 되기도 했다

결국 얼굴은 삶과 죽음의 경계이다

안면 마사지를 받는다는 것은
죽음을 맞이하는 거룩한 의식이기도 하다

2

세상에 똑같은 얼굴을 한 사람은 없다
지역과 인종에 따라 달라 얼굴 생김새에 따라
민족을 구분하기도 하고 국가를 세우기도 했다
한국은 모든 사람들 얼굴 생김새가 거의 같아
단일민족이라 하고 남북통일을 위해 애쓰는 것도
남북의 사람들이 생김새가 같아서이기도 하다

내가 살고 있는 필리핀의 사람들 얼굴은 여러 종류이다
원주민부터 말레이시아에서 온 말레이족, 그들과
스페인, 미국인, 인도인, 중국인, 일본인과의 혼혈인이
필리핀 사회를 이루고 있다
집안의 형제끼리도 피부색과 얼굴이 다른 경우도 많지만
필리핀인은 그걸 따지거나 화젯거리도 만들지 않았다

얼굴이란 사람이 살아 있다는 표식일 뿐이다

막걸리를 마시다

바닷물이 넘쳐나는 섬나라에선 갈증이 더했다

팔천 개의 섬으로 이루어진 필리핀은
바다 위에 떠 있는 나라다
고국에서 육지에 사는 사람이라면
큰맘 먹고 가야 볼 수 있는 게 바다였으나
필리핀에선 내가 일하는 조선소도 바닷가이고
휴일에 글 쓰는 카페 앞도 바다이다

일 년 내내 계속되는 더운 날씨에다
고독의 뼈만 남은 내 몸에 갈증이 가득해
난 한국 식당에서 막걸리를 자주 마셨다

마시며 유년 시절에 가게에서 막걸리 받아 오다
호기심에 마셨다가 아버지에게 혼났던 일이며
대학 시절, 학우들과 잔디밭에 둘러앉아
막걸리 마시며 시국을 토론하고

동아리방에서 문학을 이야기했던 시절을 떠올렸다

나는 고국에서 오래 발효된 병 속의 향수를 마셨다

파라바얀 공원의 저녁

그 공원은 수비크만 바닷가에 연해져 있다
공원이래야 좁고 몇 개의 벤치만 놓여 있지만
휴일엔 많은 가족과 연인들이 와 쉬며
지난 한 주의 해를 바다에 빠뜨리려 하고
아쉽게 지나가는 시간을 붙잡으려 애썼다
그 힘들에 가족의 행복과 연인의 사랑이
바닷물 위에서 출렁거렸다

어떤 이는 지는 해 바라보다 저도 모르게
해를 따라 바닷속으로 들어갔는데
그 후로 그들 소식을 아무도 들은 적 없다

나는 공원 옆 도로를 달려 통과하며 이마에 맺힌 땀을
바다에 흩뿌리며 다시 오지 않을 한 저녁을
바닷속으로 배웅했다
방파제에서 낚시꾼들은 연신 물고기들 낚았는데
누구는 해를 따라 바다에 들어간 이들이 물고기 되어
낚시 바늘에 낚여 지상에 올라온다고 했다

수비크만의 모든 배들도 공원 근처 항구로 돌아오고 파도도 공원이 있는 해안으로 더욱 세게 물결쳤다

고국에서 온 제비

필리핀 들녘에서 고국에서 온 제비 한 무리 만났다
제비는 고국에서 지내다 겨울을 지내려 왔는데
날며 고국의 안부를 전했다
고국은 여전히 남북으로 갈라져 있어 새들만
자유로이 군사분계선을 넘나든다고 했다

남쪽은 국민들이 촛불 혁명으로 부도덕한 정권을 몰아냈고
새로 들어선 정부는 나라의 모든 것을 정상으로 되돌려
놓으려 애쓰고 있다고 전했다
북쪽 나라는 세습을 거듭한 지도자가 독재를 하고
핵무기 만들어 평화를 위협해 다른 나라의 미움을 샀으며
많은 국민들은 굶주려 나라를 탈출한다고 했다

제비는 넉넉한 살림은 아니지만 인정 많고
상냥한 필리핀인들 좋아 매년 겨울에 온다 했다
고국의 사람들도 필리핀 사람처럼 경쟁을 덜 하고
상대방을 배려하며 살았으면 좋겠다고도 전했다

21세기가 시작된 지 한참 지났지만 새들만
남녘과 북녘을 자유롭게 날아다녔다

푸른빛을 마시다

바기오시 라이트 식물원에 소나무 숲 있다
한국의 소나무 숲같이 푸른빛을 발했으며
오십 척 넘는 소나무들 무럭무럭 자랐다
필리핀에서 소나무는 고산지대에만 자라
라이트 공원엔 구경하러 온 필리핀인 많았다

해발 천오백 미터에 있고 한국의 늦가을 날씨와
겨울이 없어 무럭무럭 크는 소나무 밀림,
겨울에 한국의 소나무엔 눈이 많이 내려
눈꽃을 만들고 찬바람에 흔들리겠지만
라이트 식물원엔 눈도 찬바람도 없이 밀림만 있다

필리핀 소나무 숲 걸으며 모처럼 흥얼거렸다
또한 언제나 푸른 청년으로 살겠다고
어떤 세파에도 변하지 않겠다던 다짐들을
이국의 소나무 숲에서 떠올렸다

소나무 잎으로 내 허벅지 찌르며 이국에서
망고나무와 파파야나무의 풍성함에 취해

다짐했던 생각과 인내심을 버리지 않았는지
물질과 일의 성과에만 관심을 갖지 않았는지
오랜만에 정신이 번쩍 들도록 푸른빛 마셔댔다

카와그 밀림 속을 달리다

내가 달리는 동안 길가 숲 속에선 노랫소리와
농구 공 튕기는 소리, 거친 숨소리 흘러나왔다
십 년 전 카와그에 대형 조선소가 들어서면서
조선소 앞 도로 가엔 식당과 살림집이 들어섰다
숲 속에도 마을이 생겼으며 작은 노래방도 생겨
사람들은 술 마시고 노래를 부르기도 했다

도로 옆 나무들은 푸른빛을 화산처럼 내뿜었으며
나는 달리며 푸른빛을 미친 듯 마셔댔다
몇 개의 마을 지나고 억새꽃 만발한 하천을 지나
논과 밭이 있는 들녘을 지났다

들녘의 한쪽 편 논에서는 모내기가 끝나갔고
다른 편 논에서는 농부가 벼를 베고 있다
밭에서는 바나나와 망고, 파인애플이 익어갔고
남자들은 바나나 잎을 엮어 원두막을 짓거나
여자들은 저녁을 준비했다

휴일의 모든 저녁은 슬프고도 황홀했다

밝음과 어두움의 사이에 벌어지는 숱한 이별과
집에서 전등 아래 모여 저녁을 먹는 가족이 있다
내 마라톤의 여정도 어두워지면 끝났으며
하루분의 생이 달렸던 길에 한 줌 재로 떨어졌다

내 몸속의 우물

온몸에서 관절 풀리는 소리 났다
지금까지 한 번도 건드린 적 없는 뼈들
부드득부드득 소리를 냈다
내 몸은 이국의 마사지 가게에서 어긋남 없이
굳어진 몸과 생각들이 풀어헤쳐졌다

몸에서 빠져나온 관념과 고집들이
하늘 향해 날아가고 있다
그것들은 날아 별들을 찾아 속에 둥지를 틀었고
몸속에는 아기별들이 생겨나 무럭무럭 자랐다
나를 괴롭혔던 시간들,
내가 괴롭혔던 욕망들,
아기별들의 웃음에 녹아 맑은 피 되어 다시 흘렀다

마지막으로 순결한 물이 사방에서 흘러나와
마침내 몸속에 우물을 완성했다

이별

몇 년간 해외 자회사 근무 마치고 귀국하는 길에
이국에서 몸에 밴 망고나무 열매 향기와
부겐빌레아 꽃향기를 가방에 넣고 짐 꾸렸네
적도 지방의 사람들과 일하며 흘렸던 땀과 정(情)을
바다에 던지고 가슴속에도 묻었네

바닷가 카페에서 쓴 소금기 머금은 시(詩)들과
다국적 커피점서 읽은 책들 모아 고국에 보냈네

그렇듯 정든 이국을 떠나며 모든 것과 이별했네
언제나 웃음 잃지 않는 이국의 사람들과
고국과는 다른 자연의 모든 것 남겨놓았네
또 나와 시(詩)로 만났던 것들과 악수하며
다시 만날 것을 약속했네

안녕! 내가 만난 적도의 사람들아, 풀과 나무들아
바다와 바닷속 생명들아
내가 뿌려놓은 사시사철 푸른 내 영혼아 안녕

봄꽃의 감각

봄꽃이 모든 강산에 만발했다
그날 도시의 공설 운동장 주위 야산에도
산벚나무 꽃이며, 진달래, 개나리가 만발했다
나는 오랜만에 예전과 같이 꽃들 바라보며
운동장 트랙을 돌았다

봄을 맞아 많은 사람들이 초봄의 기운 받으며
운동장 트랙을 걷거나 달렸다
어느 마흔 후반의 여인도 스무 살 초반인 여자를
부축하여 운동장 트랙을 걸었다
모녀지간 같았는데 젊은 여인의 몸이 불편했다
또 정신도 보통이 아닌 듯 보였다

그녀들이 걷는 동안 햇살은 그녀들의 머리 위에
느리게, 아주 느리게 가득히 떨어졌다
그 모습을 본 운동장 주위 야산의 꽃나무들은
그녀들의 발자국 소리에 맞춰 꽃을 피워냈다
21세기를 살고 있어도 꽃나무는 아는 이를 위해

겨우내 죽지 않고 튼실하게 뿌리를 키워냈던 거다

일 년 내내 꽃 피어 있는 적도의 나라에서 살다가
국내에 잠시 휴가를 나온 내 몸엔
얕게 배어든 부겐빌레아, 자스민의 감각 대신
개나리와 진달래의 감각이 선연히 되살아났다

주인 없는 카페에서 놀다

크라운피크 마을은 근래에 심한 불경기로
식당이나 카페가 문 닫고 시설만 남은 곳 많다
그날은 잘 지어놓았으나 폐업한 야외 카페에 앉아
책 읽고 글을 썼다

카페의 나무와 꽃들은 정갈하게 정원을 이뤘으며
나는 거기에다 책과 노트북을 그 풍경에 넣었다
마을은 미군 철수 후 사람이 급격히 줄었으며
줄어든 사람만큼 까마귀 수만 늘었다

예전과 달리 원숭이들도 거리에 나오지 않고
까마귀만 시간을 끌고 날아다녔다
바람이 사람 대신 빈 야외 카페에 들어가
사람을 만들어 밥과 술을 먹게 했고
꽃을 구경시켜 아이를 갖도록 했다

난 빈 카페에서 그들과 밥을 먹고 술 마시며
저승에서의 생활과 카페와의 인연에 관해 물었다

임신한 여자는 다시 저승에 가지 않으려 했고

그 빈 카페에는 바람만이 빈집을 지키고
빈집을 무대로 까마귀가 글을 적었고

입국자를 기다리다

 클락 공항 입국장에서 사람을 기다렸다 많은 사람이 입국하는 사람을 찾으려 이름을 적은 종이를 들고 입국자를 기다렸다 공항에는 필리핀인과 많은 외국인이 입국을 했다 필리핀인들은 주로 해외에서 일을 하다 휴가를 오거나 외국인과 결혼한 여자들이 다니러 왔다 외국인 중에는 은퇴 후의 생활을 즐기려 입국하는 사람들 있으며 공항 주위의 유흥가에서 유흥을 즐기고 골프장에 가려 입국하는 사람이 많다 이들 중에는 한국인이 많은데 나도 여름 휴가를 지내려 필리핀으로 오는 지인들의 입국을 기다렸다

 이국 공항에서 누굴 기다린다는 것은 하나의 우주를 기다리는 것이다 지인들은 한국을 떠나기 전 가족이나 주위 사람에게만 외국 여행을 알렸을 뿐 그들과 함께 지낸 집이며 자동차, 나무와 풀들에게는 알리지 않았다 두 사람의 부재에 대해 뒤늦게 알게 된 그것들은 지인들이 태어난 마을의 오래된 은행나무에 알려주었다 은행나무는 지인들의 유전자를 추적해 클락 공항 주위의 그들을 찾아냈다 은행나무는 그들의 무사한 휴가와 건강을 위해 하늘에게 기도를 올렸다 지인들은 은행나무의 기도 소리 들으며 골프를 치고 관광을 했다

고구마 남자

회사 작업복을 입은 중년의 남자가 퇴근길에
할인점에서 고구마를 바구니에 담았다
고구마들은 고만고만하게 웃고 있었으며
햇볕의 흔적 담은 자주색 몸을 그에게 보여줬다

그도 제 어머니 몸에서 비와 햇볕 받아 싹 나고
줄기 키워져 튼실한 고구마가 되었으며
다시 제 어머니같이 허리에서 싹 틔우고
정성스레 물과 거름 주고 바람의 노래 들려줬다

때로 한 줄기에 뽑혀 같이 세상으로 나왔던
형제의 안부를 전하는 것도 잊지 않았다
남자는 자주색 꿈과 그리움을 봉지에 담아
자식들 자라는 땅속으로 걸어 들어갔다

광장에서의 글쓰기

필리핀에서 와서 가장 좋은 일을 꼽자면
문학 잡지만 한 무게와 크기의 넷북을 들고 다니며
할인점 안에 있는 간이 의자나 버스 정류장,
공원의 벤치에서 끄적거리는 일이다

바닷가 카페는 매주 일요일의 내 작업실이다
그곳에서 간단한 식사를 하며 너댓 시간 동안
파도를 바라보며 글을 썼다
식당 종업원은 매번 알아서 자리를 내주었다

거기엔 필리핀 가족이나, 연인들이 와서
바닷가 풍경을 배경으로 풍성한 식사를 했다
물기가 적은 쌀밥에다 파도를 반찬 삼아 먹었다
나는 그들이 식사하는 것에 개의치 않았지만
종업원에겐 조금은 미안한 생각이 들었다

외국에서 혼자서 지내다 보니 고국에서와 달리

광장에서 편하게 책 읽고 글쓰기가 쉬워졌다
내 모든 생각은 자유의 광장에서 완성되었다

제3부

모롱비치를 기억하는 태양

적도 지방의 햇볕은 건기에 더욱 강렬했다
이바시 모롱비치의 모래알을 밥 끓이듯 달궜고
사람들도 데워 바닷물에 풍덩 빠뜨렸다

태양은 모든 것의 결정체, 적도의 모든 생명은
태양을 유일신으로 받들어왔다
태양은 적도 지방에만 일 년 내내 벼농사를 지내게 해
굶어 죽는 이 없게 했다
겨울이 생기지 않게 해 얼어 죽거나
기나긴 겨울잠 자는 동물이 없게 했다

태양은 사람들의 살갗을 빠르게 노화시켜
모롱비치 안 인부의 살갗은 공룡을 닮아갔다
사람들은 공룡처럼 해변에 발자국을 남기려 했으나
바람은 그때마다 지워버렸다

사람들의 흔적은 우주에 흩어졌으며
태양은 그걸 기억해 모롱비치에 노을을 만들었다

나무들 사이에서 놀다

크라운피크 마을은 밀림 안에 있다
마을엔 오십 척이 넘는 나무들과 많은 꽃들이
사시사철 자라고 꽃을 피워냈다
그 나무들 사이에 사람이 매단 로프를 사용해서
나무 사이를 이동하기도 하고 로프에 매달려
뛰어내리기도 했다

창조자가 만든 나무와 사람은 같은 직립의 생물이다
또한 태양의 직계 자손이며 형제 사이여서
둘은 지구 생성 후 가장 가깝게 지내온 사이다
요즘엔 많은 사람들이 수목장(壽木葬)을 해
망자의 영혼을 나무에게 주었으며
나무들은 망자의 영혼을 자신의 몸에 옮겨놓았다

나무는 침묵을 자신들의 첫째 규율로 정했으나
바람을 불러 노래를 부르거나 움직이지 못함의
설움으로 목 놓아 울기도 했다

사람들은 트리 탑 어드벤처에서 태양 사이를

가로질러 다니기도 하고 매달리기도 했다

그대 시간이 나면 그곳에 가보라

어떻게 사람들이 태양을 안고 하늘로 날아다니는지

우주에서 가장 친한 친구의 조화를 보아라

낯선 골목을 서성이다

바탄시의 골목들도 한국에서와 같이
건물 사이에 있으며 혈관처럼 이어져 있다
골목엔 언제나 더운 바람이 살았고
때로 술에 취한 난 그 골목에서 길을 잃었으며
한국에서의 골목을 떠올려 계절을 찾곤 했다

골목을 이룬 벽은 2차 대전 때 일본군과 미군이
교전 중에 방어벽으로도 사용했으며
지금은 술 취한 남자들의 방뇨막이 되기도 했다

바탄시의 모든 골목은 바다와 이어져 있어
내가 길을 잃었을 때는 무조건 바다 쪽을 향했다
바다에서도 그대로 골목을 이루고 있는데
골목은 바다에서 수많은 집들 허물기도 하고
자유롭게 흐르며 다시 골목을 만들기도 했다

이국의 낯선 골목을 서성이며 나는
세계의 모든 골목은 안녕안시 눈늑 흐름애있니

적도에서의 성탄절 축제

적도 지방엔 12월에도 햇볕이 강렬했지만
거리엔 성탄절 트리가 세워지고 전등에 점등되고
성탄절 노래가 여기저기서 울려 퍼졌다
필리핀 사람들은 눈 내리는 성탄절을 상상하며
집집마다 가족이 모여 음식을 만들고 파티를 열었다

바닷가 식당 여러 곳에서도 파티가 열렸다
사람들은 이천 년 전과 장소와 날씨는 달랐지만
예수의 탄생을 축하하며 음식을 먹고 술을 마셨다

장신구 팔러 다니는 사람들의 발걸음도 분주해졌고
파도는 파티에서 흘러나오는 음악에 맞춰 일렁였다
이천 년 전의 그날과 같이 새 생명은 태어났으며
야자나무는 잎으로 그늘을 만들어주었다

예수는 검은 피부의 사업가로 변신해 선글라스를 쓰고
바닷가 호텔에 머무르며 성탄절 축제를 지켜보았다

챔피언

나는 한국에서 십오 년 전부터 마라톤을 해왔으며
필리핀에 와서도 계속 해왔다
건기의 무더운 날씨에도 비가 계속 내리는 우기에도
한국에서보다 단거리였지만 멈추지 않고 해왔다
간혹 대회가 열리면 참가하여 완주를 하곤 했다

그날 마라톤 대회에 참가해 도로를 달렸는데
고된 주행 중에도 완주 후 먹을 음식과
음료수 메뉴를 떠올리며 고통을 달랬다
끝내 완주를 했고 완주 기념 메달도 받았으며
대회가 끝나자 동아리 회원들과 달린 시간보다
더 오래 완주를 축하하며 음식을 먹었다

뒤풀이 중에 코스별, 성별로 시상식이 열렸으나
완주한 이들은 모두 챔피언임을 자축하며
한 컷 생의 마지막을 위해 건배했다

그날의 마라톤 완주는 내 한 컷 생의 죽음이며
뒤풀이는 그 장례식이다

자전거 타는 공원의 휴일

바기오시 만손 공원에서 자전거를 탔다
만손 공원에서 자전거를 탄다는 것은
하늘을 날거나 공중부양하는 기분인데
어른과 아이들이 여유롭게 페달을 밟았다

자전거 페달을 오래 밟아온 중년이 있다
읍내에 있는 중학교에 자전거로 통학했으며
고교 시절엔 아침마다 신문을 싣고 페달을 돌렸다
대학 시절엔 자전거로 전국 일주를 하기도 했으며
결혼 후 자식을 낳아 자전거 타는 요령을 알려줬다

평생 자전거를 가슴에 품고 쉼 없이 달려와
이국에서 자전거 타는 시간에
바퀴는 공원의 햇살과 꽃향기를 감았다
필리핀 사람들의 웃음소리와 휴일의 여유를
바퀴살마다 매달고 만손 공원 안을 맴돌았다

앞바퀴엔 내가 한국에서 지냈던 시간이 감겼고
뒷바퀴엔 필리핀에서의 낯선 시간들이 감겼다

해변을 달리다

휴일 저녁에 수비크시 해변을 달렸네
해변을 달린다는 것은 바다 위를 달리는 것,
일 년 내내 열리는 야자수 나무를 따라
노을을 바라보며 식사하는 사람들 지나고
호텔 수영장에서의 사람들 지나 달렸네

해변을 달린다는 것은 우주를 항해하는 것,
무수한 별들을 지나고 우주의 길을 달린 후
지구에 돌아온 내 나이는 지금과 같았네
아내는 이미 고향의 별로 돌아갔으며
내 아이들은 노인이 되어 바닷가를 걸었네

다시 달리던 내가 백발인 아들을 지나쳤으나
쳐다보지 않고 자식들과 야외 식당으로 들어갔네
머리를 검게 염색했지만 주름이 많은 딸은
달리는 나를 한참 바라보다 눈물을 훔치고는
자식들에게 무슨 이야기를 들려주며 걸었네

해변을 달린다는 것은 철저하게 고독하다는 것,

이국에서 혼자이며 우주에서는 미아가 된 내가
습관적으로 매주 휴일에 해변을 달렸네
바다 위를 달리며 섬들을 곳곳에 만들었고
사라지질 않을 땀을 길 위에 뿌려놓았네

억새풀의 기억

카와그 마을의 억새풀은 빙하기 전 가을을 기억했다

빙하기 전 적도 지방에도 가을이 있었으며
억새는 자연에 순응하여 꽃을 피웠다고 전해져왔다
초식 공룡들 억새풀을 뜯어 먹고 새끼 낳아 길렀으며
억새풀 위에서 잠을 잤다

빙하기 이후 적도 지방엔 가을이 없어지고
오직 우기와 건기만이 남았다
억새는 빙하기 때 살아남아 빙하기가 지나자
가을 대신 생긴 우기에 꽃 피웠으나
창조자에게는 가을의 꽃으로 인정받지 못했다

적도 지방의 억새풀은 겨울이 없어도 꽃이 지면
생을 스스로 마감했으며 이듬해 새순을 틔웠다
한국의 억새풀은 사람들의 사랑을 듬뿍 받으나
필리핀인들은 억새풀에 대해 관심이 별로 없다

그렇게 자신을 드러내지 않고 스스로 살아감에

태양은 때로 더 많은 햇볕을 억새에게 줘
너무 말라 서로 부딪혀 불타오르기도 했다

적도 지방의 억새는 가을의 유전자를 그대로 갖고 있다

적도의 섬나라에서 제주도로 보내는 통신

후배님이 페이스북에 올려놓은 소식은 잘 읽고 있습니다
후배님은 제주도의 농가에 정착한 지 십여 년이 되어가며
이젠 농사일이 안정되었고 많은 농토를 구해
조선족이나 중국인, 베트남인 인부를 두고 농사일을 한다
했지요
페이스북에 농사에 관한 글을 올려
농사일의 고단함과 소중함을 전하기도 하더군요

90년대 초 우리는 대학 문학 동아리에서 선후배로 지냈지요
때로는 객기로 때로는 진지하게 문학 작품에 대해 토론
했고
시화전과 시 낭송회를 열었고 문집을 발간했으며
지역의 문학인들과 교류하며 여러 행사를 같이 열었지요
나는 졸업 후 회사에 취직을 했고 후배님은 여러 사업을
했지요
지금 난 회사의 해외 지사에서 몇 년 동안 지내고 있고
후배님은 제주도에서 농사를 짓고 있지요

대학 시절 사월이면 4·3 사건과 관련된 문학작품을 읽

었으며

해방 이후 정부에 의해 자행된 많은 양민 학살 사건을 알았고

모든 진실이 밝혀지기를 간절히 원했지요

여러 사람 덕분에 4·3 사건에 대해 지금은 진실이 밝혀졌고

해마다 기념 행사가 열린다지요

후배님도 바쁜 농사일 중에도 행사에 참석했다 했지요

적도의 섬나라에서 무더운 날씨와 바쁜 회사 일을 핑계로

페이스북에 댓글도 제대로 달지 못하는 날들이지만

덕분에 제주도의 소식을 접해 행복한 날들입니다

또 외국에서 제주도까지 와 고생하는 인부들에게도

잘 대해주고 일에 대해 보상도 해준다 하니 더욱 고맙습니다

나도 회사에서 일하는 현지 직원들의 인권을 보장하고

노동에 대한 보답을 위해 애쓰고 있습니다

앞으로도 영원히 가슴속 섬에서 청년으로 살아갑시다

손목시계를 고치다

그날 멈춰버린 손목시계는 내 손목을 붙잡고
나를 블랙홀에 억지로 밀어 넣었다
지구에 실종자로 남겨진 블랙홀 안 사람들은
처음 블랙홀로 들어갈 때와 마찬가지로
늙지도, 아프지도 않고 살고 있었다

난 거기서 한참을 먹고 자고 놀았으나
시간은 그대로였고 지루한 평화가 이어져
시(詩)가 필요 없었으며 오직 본능에만 충실했다
날이 갈수록 점점 무료해져만 갔으며 결국은
어렵게 하느님을 만나 사정해 그곳을 빠져나왔다

블랙홀을 나와 빵빵가 시장* 시계점으로 갔다
그곳엔 세계의 모든 시계들이 수리되었으며
시간을 고치고 팔고 사기도 했다
시계 수리점 직원이 멈춘 내 시계를 고치자
나의 한 생이 다시 시작되었다

한국보다 한 시간 늦은 생이 복원되었다

나는 매일 고국과 필리핀 사이의 한 시간 동안
블랙홀에서 살았다

* 필리핀 엥헬레스시에 있는 대형 재래식 시장.

불륜에 대한 변명

그는 결혼도 했고 자식도 있지만
꽃이 일 년 내내 피는 나라에서
꽃물이 온몸을 적시고 있는
스무 살의 붉은 여자를 만났네
마흔 살인 그는 스무 살 여자를 만나
다시 스무 살 시절로 돌아갔네

어느 대학 잔디밭에 그가 나타나
풀을 베개 삼아 누워 시집을 읽으며
삶과 사랑에 대하여 생각했네
캄캄한 지하 자취방에서 촛불 켜고
동료들과 밤새도록 열렬히 시국 토론을 했네
다음 날 아침에 유인물 들고 거리에 나가
행인에게 나눠주다 경찰에 붙잡혔네
시국 담당 형사는 그와 조국의 관계를 불륜이라며
불륜을 저지른 이유를 묻고 때리기도 했네
그는 끝까지 불륜이 아닌 이유로 변명을 했네

타국에서 혼자인 그에게 다시 사랑이

기러기 날개에 실려 왔네

그는 스무 살 여인과의 사랑은

불륜이 아니라고 끝끝내 우겼네

호수에서 전화를 걸다

초봄에 타국에 있는 회사에서 휴가를 받아
고국의 도시 안 호수 주위를 걸으며
오래 만나지 못했던 지인들에게 전화했다
호수 주변의 봄꽃들은 내 휴대폰 발신음 울리자
꽂을 뭉텅뭉텅 피워 올렸다

호수 안의 물레방아나 인공 섬에 갇힌 것처럼
살아가는 일상이지만 휴대폰으로 지인에게
안부를 전하는 일은 꽃 피우는 일과 같다
초봄에 그리움은 봄꽃과 매우 닮았다

호수 주위 벤치에서는 한 젊은 연인이
옆에서 책을 읽는 내 눈치 보며
살짝 살짝 살갗을 부비기도 했다
다른 벤치에선 노인 부부가 호수 바라보며
봄의 기운을 한껏 받고 있었다

호수 위에 수만의 전파가 떠다니고
나는 전파로 그물을 짜 둥둥 떠다니는

사람에 대한 그리움들 건져냈다

초봄의 호수는 언제나 그 자리에 있으나

사람만 바뀌어 꽃 피우고 물결 일으킬 뿐이다

건기(乾期)를 말하다

필리핀 하늘은 위도상 한국의 하늘보다 낮게 보였다 건기라 비는 내리지 않고 햇볕만 내리쬐는 이국에서 나는 태양의 사랑을 듬뿍 받았다 태양은 무자비하게 빛의 알갱이들을 뿌렸고 나는 그것을 받아 몸에 문신을 새겼으며 태양신에게 매일 제단에서 절했다 태양은 나를 검게 태웠으며 나는 태양 속을 들어갔다 나왔다를 반복했다

필리핀들은 오 개월 동안 지속되는 건기에는 담담하게 생활했다 물이 없어 벼농사를 지을 수 없으며 물이 적어 애를 태웠지만 우기 때와 같이 사람들은 크게 개의치 않았다 빨래는 널자마자 금방 말랐으며 들판의 풀과 곡식은 잘도 자랐다 해변의 모래는 기름에 튀겨지듯 뜨거웠고 바닷물 수온도 올랐다

내가 일하는 조선소에서는 현지인 작업자에게 우기철의 작업 손실을 만회하려 많은 야근과 특근을 시켰다 밤에는 기온이 낮아져 일하기가 수월해 야간조의 작업 효율은 매우 높았다 세계에서 배 만드는 일을 주간과 야간으로 나누어 하는

곳은 내가 일하는 회사가 유일했다

적도 지방의 건기엔 모든 것이 원시로 돌아갔다

응답하라 2016년
― 1988年의 내가 2016年의 내게 묻다

대학 이학년이던 1988년에 2016년의 나에게 물었다
잘 지내는지, 건강한지, 자녀들은 잘 자랐는지,
문학 동아리 모임과 지역의 문학 모임 이끌던 내가
2016년의 나에게 시집은 몇 권이나 냈는지
1988년 문학 모임의 회원들도 가끔 만나는지 물었다

1988년엔 억눌렸던 노동자들이 노조를 만들고
노동자의 기본권과 임금 인상을 위해
공장과 거리를 가득 메우고 군사정권과 맞섰다
난 그들과 함께하며 삼십 년 후의 노동자들은
노동자의 기본권을 누리는지, 임금이 많이 올라
선진국같이 풍요롭게 지내는지 물었다

군 입대를 앞두고 걱정이 많았던 그해,
2016년엔 남북이 통일되어 내 아들은 입대하지 않고
남한의 자본과 기술, 북한의 자원과 인력이 합쳐져
더욱 부강한 나라가 되었는지 물었다

밝은 내일을 위해 강의실보다는 거리와 광장에서,

유행가보다는 민중가요를 불렀던 내가 물었다

2016년엔 시인들의 배는 고프지 않고

정치인들은 국민만을 위해 일하는지 물었다

제4부

요절한 가수의 노래를 부르다

그날 젊은 시절 요절한 가수들이 되살아왔다
한참 노래의 꽃을 피우던 시절, 그들은
병이나 교통사고 또는 스스로 생을 마감했다
그들 나이는 죽은 해의 나이 그대로이며
모습 또한 그대로였다

그들은 예전에 불렀던 노래에다 저승에서
요즘의 감각과 분위기로 편곡해 불렀다
공연장 관람객들도 그들의 노래 듣는 동안
요절 가수가 처음 노래 불렀던 시절로 갔다
관람객들은 교실에 앉아 있거나 거리에서
요절한 가수의 노래를 들었다

그날 요절 가수들은 옥황상제의 전속 합창단에서
노래하다가 그의 배려로 이승에 잠시 온 거였다

그날은 요절 가수들의 새로운 생일이 되었다

Without you*

지금의 나는 너 없이 살 수 없게 되었다

그녀 없이는 살 수 없다던 청년 시절의 너는
다른 여자와 결혼해 사십 대 후반의 지금
아들은 군대에 갔으며 딸은 대학에 다닌다
넌 청년 시절에 작은 부조리한 일에도 분노했고
습작시를 쓰던 청년이었지만
지금은 가족 위해 직장 생활을 하며 적금을 넣고
발간한 시집이 잘 팔리기를 바라는 시인이다

청년 시절 너는 나라를 위한다는 굳은 신념으로
피켓을 들고 거리에 나가 민주화와 통일을 외쳤다
너에게 민족과 나라에 대한 사랑이 없었다면
오로지 자신의 출세만을 꿈꾸었을 것이며
승진을 위해 상사에게 아부해왔을 것이다
주목받는 시인이 되기만을 위해
주체도 객체도 모호한 시와 암호 같은 시를

쓰는 시인이 되었을 거다

아직도 청년 시절의 염원은 많이 이루어지지 않았으나
때로 가족과 직장을 벗어나 홀로 시인으로만 살고
민족이니 이념이니 하는 거창한 말과 행동보다
생명과 서정을 노래하는 시인이 되고 싶다

너와 강에서 만나 한 권의 시집을 엮고 싶다

* 미국의 가수 Mariah carey가 부른 팝송 제목임.

그 시내버스의 야간 운행

섬 바닷가에 그 시내버스 차고지가 있으며
파도는 밤새도록 차고지 앞 방파제를 때렸다
버스는 저녁까지 시민들의 발이 되었다가
차고지에 돌아온 밤에도 파도에게 발을 얻어
우주에 난 버스 노선에 따라 운행되었다

달에 도착해서는 토끼들 실어 날랐는데
방아 찧는 토끼들 밤마다 버스를 타고
지구에 와 풀이며 물을 실어 날랐다
달을 지나 화성에서는 로마 신화의 마르스에게
생명체를 살려놓기를 간청한 후
한 바퀴 돌아 목성으로 갔다
목성에서 로마 신화의 주피터에게 인사를 건네고
많은 위성에 일일이 정차해 우주인들 실어 날랐다

토성으로 가 씨 뿌리는 신 사투르누스를 태우고
대지에 씨 뿌리는 것을 도왔으며
그의 자녀들 사는 위성을 방문하는 걸 도왔다

사투르누스의 아버지가 사는 천왕성에서도
지구인들이 살 수 있는 대지의 길을 따라
움직이는 모든 것을 태우고 내려주었다
바다의 신 넵튠이 사는 해왕성에서는
바다 속에서 바다의 생물들을 실어 날랐다
명왕성에서는 그리스의 신 하데스와 죄수들을
태양계 밖으로 실어 날라 그들에게 자유를 주었다

그 섬의 버스들은 밤마다 별들 사이로 운행되었고
아침에야 차고지에 도착했다

풍선

그 도시의 예술회관 앞 노점상의 풍선 속엔 언제나 시와 음악과 그림으로 가득했다 대학 시절 난 그 예술회관이 완공된 후 내가 속한 문학 동아리에서 시화전을 하거나 연극 공연이 있을 때, 사진 전시회를 있을 때면 빠지지 않고 그곳에 갔다 공연이나 전시가 없을 때에도 동아리 문우들과 그곳에 가서 장난삼아 풍선을 사 풍선 안에 꿈과 모든 문학의 기운을 불어 넣기도 했다 때로 여자 친구와 예술회관 안의 경양식 식당에 가서 밥을 먹고 풍선을 사 사랑의 기운을 불어 넣어 하늘로 날려 보낸 후 영원한 사랑을 약속했다 내 스무 살 시절의 모든 꿈과 희망은 언제나 예술회관 앞 노점상에서 걸어놓은 풍선 안에서 머물렀다

대학 졸업 후 새로 살게 된 도시의 예술회관에 때로 아내와 자식들과 손잡고 갔지만 더 이상 풍선은 볼 수 없었다 나에게 예술은 더 이상 꿈과 희망이 아니게 되었으며 그럴수록 내가 사는 아파트 평수는 늘어갔고 아이들은 무럭무럭 자랐다 그곳 레스토랑에서 연애했던 아내는 기억을 못했으며 아이들도 유년을 지나서는 풍선을 찾지 않았으며 대학에 들어

가서 예술과는 거리가 먼 학과 공부를 하고 있다

  삼십 년 만에 찾은 그 예술회관에서 내 스무 살 시절에 하
늘로 날려 보냈던 풍선이 중년이 되어 나타난 내게 되돌아왔
다 풍선은 추억의 기나 긴 희망이다

세상에 이런 일이*
— 어느 성자의 노래

  85세 노인이 불편한 몸으로 22년째 식물인간인 아들을 지극히 간호했다 그의 아들은 22년전 해군 장교로 임관해 미국에 유학하여 군사기술을 익히던 촉망 받던 군인이었다 그가 미국에서 유학 중 불의의 사고를 당해 식물인간이 되었다 노인은 아들의 목에 구멍을 내 가래를 뽑아냈고, 방광에 구멍을 내 소변을 받아냈으며 입안에 호스를 넣어 음식을 넣어주었다

  노인은 아들을 자신과 함께 돌보다 치매와 파킨슨병을 앓게 되어 요양병원에 있는 아내도 매일 돌보았다 자신을 알아보지 못하고 심지어는 때리기도 하는 아내를 자신도 중풍으로 다리까지 불편한 상태에서 보살폈다 매일 요양병원을 방문해 아내에게 밥을 먹이고 대변과 소변을 받아냈다

  그래도 아들이 다시 병상에서 일어나 다시 늠름한 군인이 되길 바라고 아내가 병이 나아 요양원에서 퇴원해 오순도순 아들과 사는 꿈을 버리지 않았다 그러다 극도로 힘들 때면 자신이 죽을 때 아들과 아내와 같이 같은 별로 가고 싶다고

말했다

　세상엔 성자라 불린 사람보다 더 성자인 사람이 많다 노
인의 집 위에는 매일 밤 세상의 모든 별들 몰려와 환하게 밝
혔다

　* 어느 방송국에서 1998년부터 방송해오는 장수 프로그램 명.

어머니의 신발

여자아이 하나가 바지도 입지 않고
신발도 신지 않은 채 해변에서 놀고 있다
아이의 엄마가 갯벌에서 조개를 종일 캐다가
밀물 일면 밀물 되어 해변으로 돌아오자
다시 맨발로 엄마의 손잡고 집으로 갔다

허름한 서양식 옷 입고 짚신 신은 아이가
학교에서 국어 대신 일본어를 배우고
쉬는 시간엔 고무줄놀이 하고 있다
그러다 일제로부터 해방을 맞았으며
전쟁이 시작되고 짚신 신고 피난을 갔다

전쟁이 끝나 집에 돌아왔으나 아버지는
딸이라는 이유로 학교에 보내지 않았다
대신 그녀 오빠는 논과 땅을 팔아 공부시켰다
아이는 갯벌에서 조개를 캐고 농사일을 했다

처녀가 되어서 가정부로 일하고 공장에도 다녔다
번 돈으로 분도 바르고 뾰족구두도 샀다

명절엔 뾰족구두에 광을 내고 고향에 가
제 어머니와 형제들에게 생활비도 건넸다

처녀는 뾰족구두 신고 혼인을 하였으나
그 후로 다시는 뾰족구두를 신지 못했다
다시 고무신 신고 자식들 낳아 기르며
그들에게 운동화며 구두를 신겨주었다

어느 날 노인이 끝이 뭉툭한 단화를 신고
구두 신은 자식과 며느리, 손자들과
가장 좋은 신발을 사려 백화점에 갔다

난을 치다

전시장은 여느 난 전시회와는 다르게
어느 건설회사의 아파트 모델하우스였으며
난에 관련된 시화들도 여럿 걸어놓았다
그곳엔 집을 장만하러 온 사람들과
난을 치는 사람들과 시인들로 가득했다

집 구경하러 온 사람들은 새로 장만할 집에서
난을 치는 모습을 즐겁게 상상했을 것이고
난을 치는 사람들은 정성스레 가꾼 난 향기가
입주할 사람들의 집에 가득하길 소원했다

나 같은 시인들은 난을 그리며 시를 쓰던
조선 시대 문인들을 떠 올리며
난을 주제로 한 시 한 편씩 건져 갔고
난 향기와 사람들의 아름다움에 취해
목련꽃 만발한 거리의 술집을 찾아갔다

모델하우스 안에선 분이 난을 쳤다

봄은 네 갈래다

날씨가 풀리면서 차량 통행량이 늘어나자
사거리에서 교통 경찰은 차량을 통제했다
젊은 연인은 손잡고 한쪽 건널목을 지났으며
중년의 부부도 다른 쪽 건널목을 지났다
사거리 할인점 앞의 매화는 차 소리에 놀라
쌀 뻥튀기하듯 펑펑 꽃을 피웠다

간발의 차이로 신호를 위반한 젊은 운전사는
경찰의 눈을 피해 스포츠카를 몰고 달아났고
젊은 연인은 매화꽃 앞에서 인증샷을 찍어
지인들에게 봄의 시작을 알렸다
중년 부부도 살짝 손잡고 할인점으로 들어갔다

경찰은 신호를 위반한 젊은 운전사를 쫓지 않았고
교통 체증이 풀리자 매화나무를 사진에 담아
봄을 지명수배했으며
젊은 연인은 손을 꼭 잡고 영화관으로 들어갔다

사거리에서는 봄이 네 갈래로 나뉘었다

초봄, 천주산*을 오르며

　부사 장붕익**은 죽어서도 천주산 입구에서 도시를 내려
보며 백성과 땅을 지키고 보살펴왔다 겨우내 단련한 병사들
과 위민 정책을 만든 관리들을 대동하고 새싹 돋고 매화 피
는 산 입구에서 등산객을 맞았다 등산객들은 산 오르기 전
공덕비를 힐끗 쳐다보거나 가까이 가 공덕비를 바라보았다

　공덕비를 받치는 거북은 바람과 수백 년간 살며 시민들의
만수무강을 기원했고 침묵과 오래 사는 지혜를 알려주었다
공덕비를 덮고 있는 용들은 여의주 물고 날아 도시 전역을
경계했으며 겨울을 지내고 꽃을 피운 나무와 풀들에게 힘을
북돋아주었다 천주산의 나무와 풀들은 그 기운을 받아 꽃을
피워냈다 용의 행선지를 아무도 정확하게는 몰랐지만 많은
이들은 한양의 대궐로 갈 것으로 믿었다

　공덕비가 있는 산 입구의 주자장에서 봄을 기다려온 상춘
객들은 산 오를 준비를 했다 매화도 기지개 펴며 사람들을
반갑게 맞았다

* 경상남도 창원시 의창동과 북면 외감리에 걸쳐 있는 산.
** 조선 후기 창원부사를 지낸 부신.

바다 묘지

바다엔 수많은 무덤이 자리하고 있다
사람은 바다에서 태어나지는 않았지만
자궁 안에서 살았던 기억이 있으며
많은 사람들이 망인의 유골을 바다에 뿌렸다

바다는 그것을 품속으로 받아들였으며
바닷속에 묘지를 만들어주었다
바다 묘지는 온 바다를 떠다녔으며
영혼들은 바다에서 평화롭고 평등하게 지냈다

그렇게 바다에서 흘러 다니다가
매년 기일에는 성묘를 오는 가족을 위해
처음 유골이 뿌려진 곳으로 되돌아왔다
그곳은 바다 묘지에 안장된 망자들의 고향이다

사람들은 배를 타고 바다 묘지에서 성묘를 했다
절하며 후생에서의 안녕을 빌었으며
일행 중 젊은 부인의 자궁 안에선 아이가 자랐다

쉰 즈음에

노래방에서 이십 년 전 자살했던 가수의
〈서른 즈음에〉를 아직도 습관처럼 부르다가
문득 내 나이 쉰이 되어감을 알았다
이십 대엔 사랑에 대한 열정과 믿음으로
민주화를 위해 거리로 나갔고 취직을 했으며
결혼해 두 아이를 낳았다

삼십 대엔 외환위기가 닥쳐 직장에서 해고됐거나
사업에 실패하여 가족과 흩어지는
사랑하는 것들과 이별의 연속이었다

사십 대엔 금융 위기라는 새로운 위기를 맞아
수많은 사람들이 비정규직화되었고
해고되었거나 희망 퇴직을 했다
내 아이들은 입시 교육만을 받아 대학에 갔으며
진리 탐구보다는 취업 공부만을, 배려보다는 경쟁을
인문학보다는 기술 교육만을 받고 있다

사랑에 대한 마흔 즈음의 믿음과 다짐들을

생각할 여유도 없이 흘러간 사십대가 끝나간다
내 오십 대가 오면 이십 대의 생각들을 잊지 않고
세상과 사람을 더욱 사랑하는 방법을 찾아야겠다
청년들과 비정규직화된 사람들 위해
사회적 약자와 타국에서 온 사람들 위해
할 수 있는 일을 찾아 해야겠다

그래서 예순 즈음엔 아들과 손자의 손 잡고
노래방에서 목청껏 세월의 노래를 해야겠다

폐선

1

장천항*의 횟집 앞 폐선 하나 묶여 있다
한때는 바다에 나가 싱싱한 생선을 잡아
횟집을 수시로 드나들었으며
장천항 앞의 섬들 거뜬히 싣고 다니며
등대에게 달빛 먹여주던 시절도 있었다

힘껏 배 밀어주던 바람도 늙었으나
여전히 바다로 나가자고 배 등을 떠밀어
배가 삐꺽대는 소리가 항구를 울렸다
폐선은 근처 노인정에서의 추억담과
가끔 오르는 아이들의 웃음소리 실어
바다로 나가는 꿈을 꾸곤 했다

폐선은 밤마다 꿈속에서 바다로 나가
살찐 생선을 낚아 올렸으며
새벽에 귀항해선 생선을 횟집들에게 주었다

2

폐선을 뭍에 연결하는 밧줄은 낡고 거칠었다
밧줄에는 세월과 추억이 감겨져 있으며
폐선은 언제 해체될지 모를 순간을 기다렸다
많은 미술가들의 단골 소재가 된 그 풍경은
어느덧 익숙한 일상과 닮아갔다

항구엔 파고다 공원의 노인들같이 세월이 흘렀고
젊은이들은 횟집에서 회를 먹고 술을 마시며
싱싱하고 젊은 날들을 출항하는 배에 실었다
귀항하는 배 안엔 폐선이 잡아 왔던 양보다
몇 배나 많은 생선이 담겨져 있었다

* 경남 창원시 진해구에 있는 항구

벚꽃 핀 거리

수만 마리 물고기가 거리를 헤엄쳐 다니네요

벚꽃 잎이 바람에 흩날려 거리의 자동차에 떨어지자
자동차들 모두 물고기로 변한 것이지요
도시는 온통 비린내 가득하고 용감한 주부 몇은
물고기를 맨손으로 잡아 저녁을 준비하네요
그녀들은 회를 뜨거나 매운탕, 찜을 만들어
푸짐하게 차려 가족에게 봄을 먹였어요

폐차장엔 수많은 목어가 바람에 흔들렸고
수많은 절을 짓고 허물기를 반복했지요
절에서 승려들은 봄 햇살 맞으며 묵언수행하고
주인은 물고기의 간이며 허파들 떼어내
다른 물고기에게 이식하기도 하고
바닷물 속에 넣기도 했지요

바다와 강이며 저수지 주위의 벚나무에도
수만의 물고기가 매달려 목어처럼 흔들렸지요

비린내가 온 세상 거리에 가득하고

종소리는 온 대지의 생명을 깨웠지요

벚꽃 핀 초봄의 강산은 피안의 세계가 되었네요

한여름에 겨울을 노래하다

무더운 한여름에 시립예술관 그림 전시실에서
피아노곡 〈December〉*가 흘러나왔다
음악이 흐르는 그림 전시실엔 눈이 펑펑 내렸고
점점 눈 덮인 산과 들이 생겨났으며
눈길과 눈 덮인 숲 속의 집과 나무가 생겨났다
자작나무 숲 사이의 호수는 얼음의 두께를 더해갔다

그림을 감상하던 사람들의 머리 위에도 눈 쌓였다
전시된 그림들 안엔 찬바람 불고 눈이 가득했으며
피아노곡이 만들어진 해로부터의 세월이
천천히 예술관 전역에 갑골문자를 새겨 넣었으며
내 몸은 맘모스처럼 전시관 바닥에 얼어붙었다

얼마 후 유전공학자들이 내 몸의 유전자 떼어내
나를 수 없이 복제해 전시관 모든 그림에 넣었다
나는 전시된 모든 그림 안에서 살며
그림에 맞는 피아노곡을 일제히 연주했다
피아노곡들은 전시장에서 화음을 잘 맞추어

관람객들이 그림을 잘 이해할 수 있게 했다

한여름에 겨울을 노래한다는 것은 모반이다
아니다 한여름 밤의 꿈**이다

* 1982년 미국의 작곡가 조지 윈스턴이 발표한 피아노곡.
** 셰익스피어의 연극 제목 〈한여름 밤의 꿈〉을 인용함.

노(老)시인의 선인장

문학 모임의 행사가 끝난 후 몇몇 시인들은
평소 자주 찾던 술집으로 갔다
그 술집에 갈 때마다 자리 주위에 있던
꽃을 매단 작은 선인장이 그날도 있었는데
어느 연로한 선배 시인은 그걸 보며
당신이 올 때마다 선인장에 꽃 피었다며 기뻐했다
하지만 내가 잠시 밖으로 나갈 때 주인은
선인장이 자연산이 아닌 인조품이라고 귀띔했다

노시인의 집에도 선인장이 많았다
교직에서 퇴직 후 책 읽고 글쓰기 하며
소일거리로 선인장을 가꾸었다
선인장의 유전자는 노 시인의 몸에 깊게 박혀
노시인의 피부는 푸석거렸으며
말랑말랑하던 몸은 단단히 굳어갔다

과묵하고 향기 없는 꽃은 노시인의 몸에서도
피어나 마지막 시향(詩香)의 불 밝혔다
생의 물기가 적은 몸에 밤마다 물을 주었으며

끝내 새벽에 작품을 완성하곤 했다
청력과 시력은 해가 갈수록 약해져갔으나
아름다운 것과 좋은 것은 이내 듣거나 볼 수 있다

노시인과 선인장은 점점 한 몸이 되어갔다

필리핀의 시학

맹문재

1.

정선호는 한국 시문학사에서 필리핀을 선구적으로 노래한 시인으로 평가될 것이다. 시인은 필리핀의 역사와 현재의 경제, 사회, 정치, 문화 등의 상황을 적극적으로 부각시켰다. 단순히 작품의 제재로 삼은 것이 아니라 자신의 체험을 통해 상황들을 구체적으로 제시함으로써 필리핀의 전반을 폭넓고도 깊게 인식할 수 있는 기회를 제공한 것이다.

필리핀은 동남아시아의 동북단에 있으며 7,107개의 섬으로 이루어져 있다. 섬들은 환태평양의 화산대에 속하기 때문에 지진과 화산이 자주 발생하는데 아름다운 산과 호수가 많다. 기후는 열대성이며 몬순과 태풍의 영향을 많이 받는다. 계절은 우기와 건기로 나뉘며 태풍은 7월에서 10월까지의 시기에 내습한다. 종교는 85%가 로마 가톨릭 교회를 신봉하고 군도의 남쪽에 거주하는 모로족은 이슬람교를 믿으며 도이프가오족 등은 정령을

숭배한다. 복잡한 민족만큼이나 70종 이상의 언어가 사용되고 있는데, 공용어는 타갈로그어와 영어이다. 필리핀 국민은 말레이족을 근간으로 하여 중국인, 미국인, 스페인인, 아랍 혈통의 후손들로 구성되어 있다. 2000년 5월 기준으로 필리핀의 인구수는 7,650만 명이다. 서구 국가의 오랜 식민 통치 역사와 무역 상인들의 혈통이 섞여 외모와 문화가 동양과 서양이 혼합되어 있다. 1521년 페르디난드 마젤란(Ferdinand Magellan)이 필리핀에 도착한 이후 스페인의 지배를 받았다. 19세기 말 혁명이 일어나고 짧은 기간 동안 필리핀 제1공화국이 세워졌지만, 뒤를 이어 미국과 스페인 간 전쟁과 필리핀과 미국 간 전쟁을 겪으며 미국의 지배가 시작되었다. 일본군이 점령했던 기간을 제외하고 제2차 세계대전이 종전되어 필리핀이 독립할 때까지 미국이 주권을 가지고 있었다.[1]

필리핀은 1949년 한국과 공식 외교 관계를 수립했고, 한국전쟁에 참전했다. 국민들에 의한 직접 선거로 선출된 6년 단임제의 대통령이 국가 원수로서 행정권을 행사한다. 필리핀은 제2차 세계대전 후부터 1970년대 초까지 아시아에서 일본 다음으로 부유한 국가였지만 장기간의 무역 적자, 인프라 부족, 정치 부패 등으로 발전을 이루지 못했다. 그렇지만 1980년 이후 한국과는 교역 관계의 강화를 통해 한국의 건설, 전자제품, 자동차 부품 등의 기업이 필리핀에 진출해 있고, 필리핀에서도 결혼 이주 여성과 이주 노동자 등이 한국에 많이 들어와 있다. 이와 같은

1 https://ko.wikipedia.org/wiki/%ED%95%84%EB%A6%AC%ED%95%80.

상황에서 아시아에서 처음으로 민주 공화국 정부를 세웠고, 민선에 의해 처음으로 여성 대통령을 선출한 정치사까지 가지고 있는 필리핀을 노래한 정선호 시인의 작품들은 주목된다.

2.

> 내가 살고 있는 필리핀의 사람들 얼굴은 여러 종류이다
> 원주민부터 말레이시아에서 온 말레이족, 그들과
> 스페인, 미국인, 인도인, 중국인, 일본인과의 혼혈인이
> 필리핀 사회를 이루고 있다
> 집안의 형제끼리도 피부색과 얼굴이 다른 경우도 많지만
> 필리핀인은 그걸 따지거나 화젯거리도 만들지 않았다
>
> ─「얼굴을 만지다」 부분

위의 작품의 화자가 "내가 살고 있는 필리핀의 사람들 얼굴은 여러 종류"라고 밝히고 있듯이 필리핀은 혼혈 민족이다. "원주민부터 말레이시아에서 온 말레이족, 그들과/스페인, 미국인, 인도인, 중국인, 일본인과의 혼혈인이/필리핀 사회를 이루고 있"는 것이다. 그리하여 "집안의 형제끼리도 피부색과 얼굴이 다른 경우"가 많다. 그렇지만 "필리핀인은 그걸 따지거나 화젯거리로 만들지 않"는다. "피부가 하얀 서양인과 황색인 동양인, 검은 피부의 사람들과/그 혼혈인들이 섞여 트랙 위를 달"(「올랑가포 운동장 트랙을 달리다」)릴 정도로 세계의 민족과 함께 살아가고 있는 것이다.

필리핀의 개방 정책은 전 지구의 세계화로 말미암아 불가피한 면이 있지만 아시아 국가들 중에서 매우 적극적인 것으로 시사하는 바가 크다. "해외문화에 대한 수용의 수준은 한국에 비해 필리핀에서 훨씬 높게 나타난다. 이 점은 스페인, 미국으로 이어지는 제국주의 시대의 서구 식민지 경험이 미국과 유럽 문화 수용에 보다 개방적으로 작용하고 있음"[2]이다. 필리핀 경제의 특징은 상위 50개 회사의 21개 민간 기업 중에서 스페인계가 7개사, 화교·화인계가 7개사, 미국계가 1개사이다. 중국계가 필리핀 경제에서 차지하는 비중이 상당하고 경제적 엘리트에 대한 활동의 규제나 제한 없이 정치·경제·사회 구조를 그들의 틀 속으로 내재화하여 경제 정책의 입안은 물론이고 정책적 혜택을 받았다. 말레이시아나 태국이 독립 후 경제 발전 과정에서 중국계 화교에 대해 경제 활동을 제한한 것과는 다른 구조이다.[3]

어느덧 자본주의는 활동 무대를 넓혀 국가 간의 경제적, 정치적 이해와 의존성이 국경을 넘고 있다. 국가보다 다국적 기업이 활동의 중심이 되고 다양한 인적 교류가 활발해져 사람들의 삶에 큰 변화를 가져오고 있는 것이다. 다국적 기업의 진출로 인해 약소국가의 기업들과 노동자들이 불리해지고 있는 것도 그 한 면이다.

---

2 신종화·고영희, 「한국과 필리핀 시민사회의 경제 환경 비교」, 『민주주의와 인권』, 전남대학교 5·18연구소, 2010, 118쪽.

3 김일식, 「필리핀에 진출한 한국 상공인에 대한 실태 조사」, 『한국엔터테인먼트산업학회논문지』 10권, 한국엔터테인먼트산업학회, 2016, 349쪽.

수비크시 아이얀몰 안의 다국적 커피전문점에 갔다
휴일 그곳은 어린 학생들부터 노인들까지,
여러 나라 사람들로 북적였다
필리핀 회사원들의 하루치 임금이 오천 원 정도지만
그곳 커피 한잔 값이 사천 원 정도여서
부유층이나 외국인들이 주로 출입을 했다

많은 다국적 기업들은 엄청난 자본을 발판으로
세계의 곳곳에 공장과 상점을 운영했다
그 공장과 상점은 제 나라의 자영업자를 퇴출했고
많은 이들을 다국적 기업의 노동자로 만들었으며
가격을 올려 사람들 사이에 위화감을 만들었다

수비크시도 다국적 기업이 많은 자유무역 도시라서
외국 기업의 현지인 노동자와 외국인이 많이 살았다
그곳에서 젊은 현지인 여자와 외국 중년 남자가 만나고
상점 밖의 택시들은 계속 그들을 태우고 가곤 했다
몇몇의 은퇴한 외국 노인들도 젊은 여자와 대화 후
자가용을 타고 어디론가 향하곤 했다

아이얀몰 밖의 나무엔 낙엽 떨어지고 새순 돋고
화단엔 연신 꽃 피고 지고
해는 그것을 눈치챘는지 귀가를 서둘렀다
　　　　　—「다국적 커피점이 있는 휴일의 저녁」 전문

　필리핀은 제조업이 취약한 반면 3차 산업인 서비스업이 국
내총생산(GDP)의 50%를 넘는다. 아울러 콜센터 등 아웃소싱

(BPO) 산업 여건이 양호한 지역으로 인식되면서 다국적 기업들의 진출이 매년 큰 폭으로 증가하고 있다. 필리핀의 제조업은 외국인이 투자한 다국적 기업에 의해 주도되고 있으며 반도체 등 전자산업 및 의류산업 등 재수출용 산업이 주류를 이루고 있다.[4]

그리하여 위의 작품의 화자는 필리핀 "수비크시 아이언몰 안에" 있는 "다국적 커피전문점에 갔다"가 자본주의를 실감한다. 대형 쇼핑 센터 안에 있는 "그곳은 어린 학생들부터 노인들까지,/여러 나라 사람들로 북적였"는데, "그곳 커피 한잔 값이 사천 원 정도"라는 사실을 발견한다. "필리핀 회사원들의 하루치 임금이 오천 원 정도"이기에 매우 비싼 것이다. 그리하여 필리핀 사람들보다는 "부유층이나 외국인들이 주로 출입을" 하고 있다. 그들만을 고객으로 들여도 상점 운영에 어려움이 없을 뿐만 아니라 고급 브랜드로 자리잡을 수 있기에 오히려 영업 전략으로 삼는 것이다.

이렇듯 "많은 다국적 기업들은 엄청난 자본을 발판으로/세계의 곳곳에 공장과 상점을 운영"하고 있는데, 그에 따라 문제점이 발생하는 것도 사실이다. "그 공장과 상점은 제 나라의 자영업자를 퇴출"하고 "많은 이들을 다국적 기업의 노동자로 만들"며, "가격을 올려 사람들 사이에 위화감을 만들"고 있는 것이다. 작품의 화자가 살아가고 있는 "수비크시" 역시 "다국적 기업이 많은 자유무역 도시라서/외국 기업의 현지인 노동자와 외국인

---

4 박병식, 「한국과 필리핀 정부의 경제 공동 발전방안」, 『한국행정학회 학술발표 논문집』, 한국행정학회, 2017, 4257쪽.

이 많이 살"고 있다. 그리하여 "그곳에서 젊은 현지인 여자와 외국 중년 남자가 만나고/상점 밖의 택시들은 계속 그들을 태우고 가곤" 한다. "몇몇의 은퇴한 외국 노인들도 젊은 여자와 대화후/자가용을 타고 어디론가 향하곤" 한다. 자본의 위력으로 필리핀의 "젊은 여자"들을 농락하는 것이다. 그리하여 작품의 화자는 "해는 그것을 눈치챘는지 귀가를 서둘렀다"라며 타락한 자본주의를 비판하고 있다.

유월에 시작된 비는 사 개월째 거의 매일 내렸다
조선소 현지 인부들의 출근율은 계속 떨어졌다
배 만드는 공정에 차질이 생기자 회사는
연장 근무를 지시했고 작업자를 다그쳤다
사람들 옷은 항상 젖어 있고 우산을 휴대해야 했다

적도 지방에서 우기를 지낸다는 것은
몸뿐만 아니라 마음까지 항상 젖어 있다
마음속엔 빗물 가득해 거기서 허우적대기도 했고
야자수 한 그루 옮겨와 키웠다
나무는 자라 내 정수리에 뿌리를 내렸으며
열매 맺자 빗물을 정제해 열매에 넣어주었다

적도 지방에서 우기를 지낸다는 것은
원시의 세계로 돌아가는 것,
창조자는 적도 부근엔 사계절을 허락하지 않고
우기와 건기만 허락하였다
자연은 충실하게 그것을 따르기만 할 뿐이었다

한 치의 어긋남도 허용하지 않는 창조자의 지시에
　　자연은 충실하게 따르기만 할 뿐이었다
　　　　　　　　　　　　　　—「우기를 지내는 일」 전문

　　필리핀의 기후는 열대성으로 1년 내내 기온이 높고 내습하는
태풍과 몬순에 많은 영향을 받는다. 또한 6월에 시작되어 11월
까지 계속되는 우기와 그 외의 기간에 진행되는 건기로 계절이
나뉜다. 그리하여 "유월에 시작된 비는 사 개월째 거의 매일 내"
리고 그에 따라 "조선소 현지 인부들의 출근율은 계속 떨어"질
수밖에 없다. 그렇지만 자본가들은 자신이 추구하는 이익을 포
기하지 않기에 "우기"와 같은 자연 환경에 굴복하지 않는다. "배
만드는 공정에 차질이 생기자 회사는/연장 근무를 지시"하고
"작업자를 다그"치는 것이다. 그 결과 "사람들 옷은 항상 젖어 있
고 우산을 휴대해야"만 되었다.
　　자본주의의 강압에 "적도 지방에서 우기를 지낸다는 것은/몸
뿐만 아니라 마음까지 항상 젖어 있"을 수밖에 없다. "마음속엔
빗물 가득해 거기서 허우적대"는 것이다. 이러한 결과는 세계화
의 심화로 인해 겪을 수밖에 없다. 자본과 노동력의 이동이 증
대되지만 자본의 이동이 용이한 데다가 위력이 강해 경쟁력이
약한 산업은 지배받는다. 따라서 그 산업에 몸담고 있는 노동자
들은 장시간 노동과 저임금 노동을 강요받을 뿐만 아니라 일자
리마저 불안한 처지에 놓인다.
　　따라서 자본주의에 적절하게 대응하는 전략이 필요한데, 작
품의 화자가 "야자수 한 그루 옮겨와 키"우는 것이 그 모습이다.

자본주의가 연장 근무를 지시하고 작업량을 채우기를 요구하는 행동에 비해 화자가 야자수를 키우는 것은 주체적인 행동이다. 단기적으로는 자본주의가 승리하는 것처럼 보일 수 있지만 화자는 궁극적으로 "나무는 자라 내 정수리에 뿌리를 내"릴 것을 믿는다. 그리하여 "열매 맺자 빗물을 정제해 열매에 넣어"준다. 결국 "적도 지방에서 우기를 지"내기 위해 "원시의 세계로 돌아가는 것"이다. "창조자는 적도 부근엔 사계절을 주지 않고/우기와 건기만 허락하였"기 때문에 "바람과 구름이 임무를 충실히 수행"하듯이 화자 역시 "충실하게 따르"고 있는 것이다.

화자의 이와 같은 행동은 단순히 자연에 귀의하는 것이 아니라 주체성을 회복하는 일이다. 마음속에 "야자수 한 그루 옮겨와 키"우는 것은 자신의 뿌리를 내리는 행동을 상징한다. 자본주의의 강요에 의해 상실할 수밖에 없는 인간의 주체성을 되살리려는 것이다. 결국 "한 치의 어긋남도 허용하지 않는 창조자"에 의지하는 것이 아니라 자신을 지키는 것이다.

3.

　　필리핀 하늘은 위도상 한국의 하늘보다 낮게 보였다 건기라 비는 내리지 않고 햇볕만 내리쬐는 이국에서 나는 태양의 사랑을 듬뿍 받았다 태양은 무자비하게 빛의 알갱이들을 뿌렸고 나는 그것을 받아 몸에 문신을 새겼으며 태양신에게 매일 제단에서 절했다 태양은 나를 검게 태웠으며 나는 태양 속을 들어갔다 나왔다를 반복했다 필리핀들은 오 개월 동안 지속되는 건기에는 담담하게 생활했다 물이 없어 벼농사를 지을 수 없으며 물이 적어 애를 태웠지만 우기 때와 같이 사람들은 크게 개의치 않았다 빨래는 널자마자 금방 말랐으며 들판의 풀과 곡식은 잘도 자랐다 해변의 모래는 기름에 튀겨지듯 뜨거웠고 바닷물 수온도 올랐다

내가 일하는 조선소에서는 현지인 작업자에게 우기철의 작업 손실을 만회하려 많은 야근과 특근을 시켰다 밤에는 기온이 낮아져 일하기가 수월해 야간조의 작업 효율은 매우 높았다 세계에서 배 만드는 일을 주간과 야간으로 나누어 하는 곳은 내가 일하는 회사가 유일했다

적도 지방의 건기엔 모든 것이 원시로 돌아갔다

—「건기(乾期)를 말하다」 전문

우기 때를 제외하고 "필리핀 하늘은 위도상 한국의 하늘보다 낮게 보"인다. "건기라 비는 내리지 않고 햇볕만 내리쬐"기 때문이다. 작품의 화자가 "태양은 무자비하게 빛의 알갱이들을 뿌렸고 나는 그것을 받아 몸에 문신을 새겼으며 태양신에게 매일 제단에서 절했다"라든가, "태양은 나를 검게 태웠으며 나는 태양 속을 들어갔다"라고 토로한 것이 그 상황이다.

그렇지만 필리핀 사람들은 "오 개월 동안 지속되는 건기에"도 "담담하게 생활"한다. "물이 없어 벼농사를 지을 수 없으며 물이 석어 애를 태웠시만 우기 때와 같이 사람들은 그세 개의치 않"

고 살아간다. "해변의 모래는 기름에 튀겨지듯 뜨거"워지고 "바닷물 수온도 올"라가지만 "빨래는 널자마자 금방 말랐으며 들판의 풀과 곡식은 잘도 자"라는 것이다.

물론 이와 같은 "건기" 상황에서도 자본주의는 가만 있지 않는다. 작품의 화자가 "일하는 조선소에서는 현지인 작업자에게 우기철의 작업 손실을 만회하려 많은 야근과 특근을 시"키는 것이다. "밤에는 기온이 낮아져 일하기가 수월해 야간조의 작업 효율은 매우 높"기 때문에 자본가들은 밀어붙인다. "세계에서 배 만드는 일을 주간과 야간으로 나누어 하는 곳은 내가 일하는 회사가 유일했"을 정도로 이윤을 추구하는 것이다.

자연과 자본의 대립 결과 자본이 지배할 것이 예상된다. 지금까지의 인류 문명이란 자본이 자연을 개발하고 개척해서, 다시 말해 자연을 파괴해서 이루어낸 결과이기 때문이다. 그리하여 자본주의는 환경 오염, 물질주의, 인간 소외 등을 가져왔지만 대규모의 생산과 소비로 인한 경제적 풍요를 통해 근대화, 산업화, 도시화 등을 부추겼다. 그 결과 자연의 질서가 무너지고 인간 가치가 무시당하고 억압받는데도 불구하고 자본의 확대는 문명의 발전으로 인식되어왔다.

그렇지만 작품의 화자는 "적도 지방의 건기엔 모든 것이 원시로 돌아"간다고 노래한다. 자연이 자본에 결코 종속되지 않는다고 선언한 것이다. 결국 작품의 화자는 자연을 따르는 필리핀 사람들의 세계관을 자본주의의 대안으로 인식한 것이다.

필리핀의 루손섬 어느 밀림에 타잔이 왔다 자본가들은 돈벌이를 위해 무자비하게 밀림 안의 나무를 베고 짐승들을 몰아냈다 아프리카의 밀림을 나와 제인과 행복한 날들을 보내던 타잔은 밀림의 파괴를 막으려고 왔다 루손섬 밀림 안에도 타잔의 친구인 치타도 있고 악어며 긴 방울뱀들이 모여 살았다 타잔은 밀림의 모든 동물을 모아 자본가들의 건설 장비를 밀어냈으나, 자본가들은 총을 쏘며 격렬히 저항했다 타잔은 아프리카에서 사자와 표범을 불러 자본가에 대항하여 싸워 마침내 몰아냈다

필리핀의 많은 사람들은 울창한 숲과 목숨을 해칠 수도 있는 사나운 짐승 때문에 밀림 안에 들어갈 엄두를 내지 못했다 그날 타잔이 밀림의 평화를 지켜낸 후 밀림은 날로 울창해져갔고 짐승들은 새끼들을 많이 낳아 길렀다 우기엔 갑자기 내리는 소나기가 많아 하루에도 몇 번씩 비가 내렸다 타잔은 그것에 상관없이 짐승들을 데리고 다니며 밀림을 지켰다

나는 어느 날 밤 무슨 일로 밀림 안을 헤매 다녔는데 긴 방울뱀이 미끄러지며 내게 다가왔으며 악어도 나를 삼키려 왔다 내가 급하게 타잔을 불러내자 그들은 되돌아갔으며 나는 그들과 사귀어 친구가 되었다 내 마음속에는 어렸을 적 영화에서 봤던 밀림과 타잔이 또렷이 살아 있다

— 「타잔은 살아 있다」 전문

자본주의를 이끌고 있는 "자본가들"과 자연을 터전으로 삼고 있는 "타잔"의 대립에서 예상을 뒤엎고 "타잔"이 승리한다. "자본

가들"이 "돈벌이를 위해 무자비하게 밀림 안의 나무를 베고 짐 승들을 몰아"내자 "아프리카의 밀림을 나와 제인과 행복한 날들 을 보내던 타잔은 밀림의 파괴를 막으려고" 나선다. "루손섬 밀 림 안에도 타잔의 친구인 치타도 있고 악어며 긴 방울뱀들이 모 여 살"고 있어 "타잔은 밀림의 모든 동물을 모아 자본가들의 건 설 장비를 밀어"낸 것이다. 그러자 "자본가들은 총을 쏘며 격렬 히 저항했"는데, 이에 "타잔은 아프리카에서 사자와 표범을 불 러 자본가에 대항하여 싸워 마침내 몰아"내었다. "타잔이 밀림 의 평화를 지켜낸 후 밀림은 날로 울창해져갔고 짐승들은 새끼 들을 많이 낳아 길렀"으며, "우기"에 "하루에도 몇 번씩 비가 내 렸"지만 "타잔은 그것에 상관없이 짐승들을 데리고 다니며 밀림 을 지"켜나갔다.

작품의 화자는 "어느 날 밤 무슨 일로 밀림 안을 헤매다녔는 데 긴 방울뱀이 미끄러지며 내게 다가왔으며 악어도 나를 삼키 려"고 하는 상황에 직면했다. 그리하여 "급하게 타잔을 불러내 자 그들은 되돌아갔"다. 오히려 "그들과 사귀어 친구가 되었다". "타잔"과 함께하는 존재라는 사실이 밝혀지자 밀림의 생물들은 화자를 배척하지 않고 해를 끼치지도 않았다. 이처럼 밀림의 주 인은 자신들에게 해를 끼치는 "자본가들" 같은 존재를 제외하고 는 기꺼이 함께한다. 필리핀 사람들의 개방적이면서도 주체적 인 세계관이기도 한 것이다.

4.

> 그곳엔 피부색과 국적이 다른 사람들 수만큼
> 음식 종류도 다양했는데 쌀밥 종류가 많았다
> 쌀은 일 년에 두세 번 수확해 풍족한 편이었으며
> 산과 들에는 바나나나 망고 같은 과일도 풍성해
> 굶는 사람이 적어서인지 사람들은 표정이 밝고
> 사람들 사이에 경쟁이 적고 배려심이 많다
>
> —「패스트푸드점에서 시를 쓰다」 부분

필리핀은 "피부색과 국적이 다른 사람들 수만큼"이나 "음식 종류도 다양"한데, 특히 "쌀밥 종류가 많"다. "쌀은 일 년에 두세 번 수확해 풍족한 편이"고 "산과 들에는 바나나나 망고 같은 과일도 풍성"한 편이다. 실제로 필리핀의 가장 중요한 산업은 전 노동 인구의 반 이상 종사하는 농업이다. 농업은 국민들의 식량을 공급하는 동시에 수출품이기도 하다. 쌀이나 옥수수가 주식용 작물이고, 설탕이나 코코넛이나 담배 등이 수출용 작물이다. 그리하여 낮은 생산성과 토지 소유 관계가 불평등한 면이 있기는 하지만 일반적으로 "굶는 사람이 적어서인지 사람들은 표정이 밝고/사람들 사이에 경쟁이 적고 배려심이 많"은 편이다.

1

> 올랑가포시 입구의 다리에서 늙고 몸이 불편한 가수가
> 성탄절 전날부터 노래를 계속 불렀네
> 성탄절이어서인지 갖다 놓은 녹슨 철제 모금함은

동전과 지폐들로 가득 채워졌네

2

성탄절에 시내의 모든 노래방엔 사람들이 가득했네
어느 노래방에서 미국인과 필리핀의 혼혈인 중년 여자가
오래된 팝송을 연달아 불러 사람들의 박수를 받았네
그녀의 지인은 미군이 수비크시에 주둔했을 때
미군 아버지와 필리핀 어머니 사이에서 태어났으나
아버지가 본토로 근무지를 옮긴 후 소식을 끊었다 했네

필리핀에 사는 남성 외국인이 많이 늘어감에 따라
혼혈인의 숫자도 늘어났네
많은 혼혈인들의 아버지는 필리핀을 떠난 후엔
가족을 부양하지 않았으며
남은 가족은 어렵게 가계를 꾸려갔네

3

두 사람의 노래는 하늘에 올라 신에게 전해졌네
　　　　　　　―「노래하는 두 성자에 대한 경의」 전문

　필리핀은 헌법으로 종교의 자유를 인정하고 있지만 아시아에
서 유일하게 가톨릭이 우세한 기독교 국가이다. 그리하여 토테
미즘과 융합된 형태를 보이기도 하지만 로마 가톨릭의 전통이
사람들의 생활 관습에 배어 있다. 도시마다 화려하고 큰 교회가
있고, 성탄절 같은 행사가 중요하게 여겨지며, 믿음과 선행의

신앙 가치가 사회적으로 추구되고 있는 것이다.

"올랑가포시 입구의 다리에서 늙고 몸이 불편한 가수가/성탄절 전날부터 노래를" 부르자 "갖다 놓은 녹슨 철제 모금함은/동전과 지폐들로 가득 채워"지는 것이 그 모습이다. 또한 "성탄절에 시내의 모든 노래방엔 사람들이 가득" 차는데, "어느 노래방에서 미국인과 필리핀의 혼혈인 중년 여자가/오래된 팝송을 연달아 불러 사람들의 박수를 받"는 모습도 그러하다.

그 "중년 여자"는 "미군이 수비크시에 주둔했을 때/미군 아버지와 필리핀 어머니 사이에서 태어"난 자식으로 "아버지가 본토로 근무지를 옮긴 후 소식을 끊"은 아픔을 안고 있다. 실제로 "필리핀에 사는 남성 외국인이 많이 늘어감에 따라/혼혈인의 숫자도 늘어"난다. 그렇지만 "많은 혼혈인들의 아버지는 필리핀을 떠난 후엔/가족을 부양하지 않"아 "남은 가족은 어렵게 가계를 꾸려"가야만 한다.

이렇듯 필리핀 사람들은 식민지 지배의 아픔을 안고 있는데 "미국"의 지배 역사에서도 마찬가지이다. 미국은 필리핀의 궁극적인 자치와 독립을 위해 식민지 국민을 훈련시킨다는 명목으로 자신의 패권주의를 합리화했다. 이와 같은 면은 미국이 한국에 대한 지배 정책을 시행하는 데 본보기가 되기도 했다. "프랭클린 루스벨트(Franklin D. Roosevelt) 미국 대통령은 1940년대에 들어서면서 한반도에 다국적 탁치가 적용되어야 한다고 주장하였다. 그는 후진국의 자치 능력이 없는 인민들을 훈련시키기 위하여 정치적 훈정(=탁치)이 필요하다고 보았다. 이러한 훈정의 모범적인 예로서 미국이 40여 년간 지배하고 있었던 필리핀의 예를 떠올렸던 루스벨트는 한반도의 경우도 자치 능력이 부족함으로 신탁통치를 통하여 필리핀의 예처럼 선진국의 지도를 받아야 한다고 주장했던 것이다."[5]

　　1896년 국제정치의 소용돌이에 있었던 필리핀은 혁명과 식민 종주국의 교체를 거쳐 1946년 미국으로부터 독립을 부여받았다. 미국은 전쟁을 통해 필리핀을 점령했으며 초기(1898~1912)에는 유럽 식민 제국의 식민지 경략 방법과 큰 차이가 없는 방식을 채택했다. 1902년 필리핀과의 전쟁에서 미국은 4,234여 명이 전사했고 3천여 명이 부상당했다. 이에 비해 필리핀 국민들은 1만 6천여 명이 전사했고 20만 명 가까이 기근과 페스트 등의 질병으로 희생당했다. 미국은 후기(1913~1946)에 들어와서 필리핀인들의 자치를 허용하였으며 결국 독립을 허용할 수밖에 없었다. 미비전쟁(美比戰爭)과 식민 체제의 구축이라는 초기 상황만을 놓고 본다면 미국의 필리핀 지배는 수탈을 위한 식민 통치로 시작했다고 볼 수 있다. 후기에는 필리핀 민족주의에 밀려 자치를 위한 훈정으로 수정되었던 것이다.[6] 이렇듯 국민들의 부

5　이완범, 「필리핀혁명과 미국, 1896-1902」, 『한국정치학회보』, 한국정치학회, 1996, 440쪽.

6　1902년 필리핀 전쟁에서 승리할 때까지 미국은 126,468명의 병력을 투입하여 4,234여 명이 전사했고 3천여 명이 부상당했으며 필리핀인들은 1만 6천여 명이 전사했고 20만 명 가까이 기근과 페스트 등의 질병으로 희생당했다. 미국은 이와 같이 필리핀을 희생하고 식민 통치를 구축했다. 이완범, 위의 논문, 455~456쪽.

단한 저항에 의해 필리핀은 조국의 독립을 이루어낼 수 있었다.

한국 진주시의 남강 유등 축제가 끝날 무렵
필리핀 수비크시는 성탄절에 예수를 맞으려
거리 이곳저곳에 등을 걸어놓았다
가을이 없어 떨어지는 낙엽도 거의 없고
겨울도 없어 눈도 내리지 않은 거리에
고대부터의 사람들의 염원이 걸렸다
따로 등을 주제로 한 축제는 없지만
다가오는 성탄절을 기다리며 거리를 지나다
저마다의 소원을 등에 매달아놓았다

수비크시 거리엔 예수가 태어나면서 등이 걸렸다
그래서 고대에 원주민 몇 명만 살았던 밀림에
예수가 몇 번 다녀갔다고 전해져왔으며
올 때마다 등을 걸어 맞았다고 전해져왔다
중세에 스페인 군대에 함락당해 식민지가 되었고
원주민은 스페인인과 피를 섞어 낳은 제 아이에게도
잊지 않고 등을 유산으로 물려줬다

후손들은 스페인로부터 해방을 위해 싸우는 중에도
미국의 점령과 간섭을 받으면서도
다시 일본의 식민지하에서 해방을 위해 싸우는 중에도
등을 잃지 않고 간직해 거리에 걸어놓았다
　　　　　　　　　　　—「등(燈)을 걸어 놓다」전문

1571년 군대를 파견하여 필리핀을 정복한 스페인은 당시 국왕이던 펠리페 2세(Felipe Ⅱ)의 이름을 따서 나라의 이름을 필리핀으로 정했다. 그리고 총독을 두고 327년간 식민지 통치를 했다. 전통사회의 붕괴와 궁핍해지는 필리핀 국민들에게 안식처가 된 것은 신앙이었는데, 스페인에서 보내온 교구 주임 사제들에 의해 배제되고 차별받는 원주민 재속(在俗) 사제들이 항의 운동을 펼쳤다. 이에 스페인 정부는 대대적인 탄압을 가해 재속 사제들을 교수형에 처했는데, 필리핀 국민들은 그들을 순교자로 여기고 지도적 위치에 있던 고메스(Gomez), 부르고스(Burgos), 사모라(Zamora)의 이니셜을 따서 곰부르사(Gomburza) 사건으로 기렸다. 이 사건은 필리핀 국민들의 민족의식 형성과 저항운동의 도화선이 되어 언론 활동을 통해 식민지 체제에 대한 개혁을 요구한 프로파간다 운동 및 스페인과 가톨릭 수도회의 압정과 부패를 사실적으로 묘사한 장편소설 『내게 손대지 말라』 등을 출간하고 '필리핀 민족동맹'을 설립해 처형당한 호세 리잘(Jose Rizal)로 이어졌다. 또한 리잘의 뜻을 이어받은 무장혁명의 비밀결사 조직인 까티뿌난(Katipunan)도 결성되어 독립전쟁을 벌였다.[7]

그와 같은 모습은 "중세에 스페인 군대에 함락당해 식민지가 되었고/원주민은 스페인인과 피를 섞어 낳은 제 아이에게도/잊지 않고 등을 유산으로 물려"주는 행동으로 계승되고 있다. 필

---

7 이혜진, 「식민 지배와 필리핀 민족의 형성」, 『민족연구』 55권, 한국민족연구원, 2013, 78~83쪽.

리핀 사람들은 "스페인로부터 해방을 위해 싸우는 중에도/미국의 점령과 간섭을 받으면서도/다시 일본의 식민지하에서 해방을 위해 싸우는 중에도/등을 잃지 않고 간직해 거리에 걸어놓았다". "성탄절에 예수를 맞으려/거리 이곳저곳에 등을 걸어놓"은 이유는, "가을이 없어 떨어지는 낙엽도 거의 없고/겨울도 없어 눈도 내리지 않은 거리에/고대부터의 사람들"이 "저마다의 소원을 등에 매달아놓"은 이유는, 개인적이면서도 민족적인 차원에서 이루고자 하는 것이 있었기 때문이다. 그만큼 필리핀의 국민들에게 민족 해방은 간절한 소망이었던 것이다.

정선호 시인은 "2차 대전 때 일본군과 미군이/교전 중에 방어벽으로도 사용했으며/지금은 술 취한 남자들의 방뇨막이 되기도" 하는 "바탄시의 골목들"을 걸으며 필리핀의 역사를 생각하면서 자본주의가 횡행하는 상황을 주시하고 있다. "이국의 낯선 골목을 서성이며 나는/세계의 모든 골목은 안녕한지 문득 궁금"("낯선 골목을 서성이다」)해 하기도 한다. 그러면서도 "적도 지방엔 12월에도 햇볕이 강렬했지만/거리엔 성탄절 트리가 세워지고 전등에 점등되고/성탄절 노래가 여기저기서 울려 퍼"지는 필리핀 사람들과 함께한다. "눈 내리는 성탄절을 상상하며/집집마다 가족이 모여 음식을 만들고 파티를"(「적도에서의 성탄절 축제」) 열며 함께 노래하는 것이다. 문화의 다양성을 수용하면서도 주체성을 추구하는 필리핀 사람들의 개방적인 태도를 한국의 상황과 비교하며 주목하는 것이다.

필리핀은 민중들의 항쟁으로 정권 교체를 이루었음에도 불구하고 정치적, 경제적, 사회적인 문제를 개선하는 데 어려움을 겪고 있다. 과두 엘리트 정치의 한계, 군부의 갈등, 빈곤, 종교적 대립 등이 있는 것이다. 그렇지만 필리핀은 1907년에 근대식 선거를 실시한 정치의 역사를 가지고 있다. "민주화된 정권이 분열을 가져오는 게 아니라 오히려 더 강고한 통합을 가져온다는 사실을 필리핀들은 동남아시아에서 가장 먼저 보여"[8]준 것이다. 필리핀 사람들은 다국적 기업의 침투가 국가를 퇴조시키는 것이 불가피하지만 국민들이 국가의 문제를 해결할 수 있다는 믿음을 오랜 역사를 통해 자각하고 있다. 그리하여 점점 심화되는 세계 자본주의 시대에 맞서 개방적이면서도 주체적인 자세를 견지하고 있는 것이다.

孟文在 | 문학평론가 · 안양대 교수

---

8 최병욱, 『동남아시아—민족주의 시대』, 산인, 2016, 214~215쪽.

푸른사상 시선 82

번함 공원에서 점을 보다

정 선 호 시집